QUI A TUÉ LA FAMILLE ROBINS ?

Photo de la couverture : Patrice Puiberneau
Maquette de la couverture : Stan Schwartz

LES ÉDITIONS DOMINO LTÉE
(Division de Sogides Ltée)
955, rue Amherst, Montréal
H2L 3K4
tél. : (514) 523-1182

Distributeur exclusif pour le Canada :
AGENCE DE DISTRIBUTION POPULAIRE INC.
(Filiale de Sogides Ltée)
955, rue Amherst, Montréal
H2L 3K4
tél. : (514) 523-1182

Ce livre a été publié en anglais sous le titre:
Who killed the Robins family?

BILL ADLER ET THOMAS CHASTAIN

QUI A TUÉ
LA FAMILLE
ROBINS ?

Domino

Pour Léonard Franklin
qui a favorisé notre rencontre.

NOTE DES AUTEURS

L'énigme posée par *Qui a tué la famille Robins ?* — et où, et quand et pourquoi et comment — est, comme tous les romans policiers, avant tout un puzzle. Il y a plus de pièces qu'il n'en faut pour compléter le puzzle, mais une chose est certaine : toutes les pièces essentielles à sa construction se trouvent dans ce récit des circonstances de la mort des Robins.

Le propre même des puzzles est de ne pas être *trop* faciles. Ceci vaut particulièrement pour les romans policiers où les pièces du puzzle deviennent les mots qui nous guident — ou nous perdent — à travers les méandres de l'intrigue. Ici, il convient d'éliminer tous les faits qui, dans le cadre du récit, ne favorisent pas une solution logique du mystère et de retenir ceux qui, mis bout à bout, s'agencent de manière cohérente et permettent de s'exclamer, tel le regretté commissaire Bourrel des « Cinq dernières minutes » : « Bon sang, mais c'est bien sûr ! »

Ce livre se situe dans la tradition des grands classiques du « polar » (d'Edgar Allan Poe à Alfred Hitchcock en passant par Agatha Christie). Le lecteur qui gardera cela présent à l'esprit aura certes un avantage sur les autres.

Nous rappellerons en définitive que tous les indices permettant de résoudre l'énigme des Robins se trouvent dans le livre mais que les fausses pistes existent aussi.

A vous de jouer maintenant et qui sait... de gagner.

QUI A TUÉ LA FAMILLE ROBINS ?

Et *où, quand, comment* et *pourquoi* sont-ils morts ?
Jouez au détective et gagnez 2000$

un roman de Thomas Chastain
sur une idée de Bill Adler

traduit et adapté de l'américain par
Paul Couturiau et Christel Rollinat

LISTE DES PERSONNAGES
(par ordre d'apparition)

Tyler ROBINS : Le patriarche de la famille ; président directeur général de la *Robins Cosmetics*, une entreprise familiale multimillionnaire.

Evelyn ROBINS : Épouse de Tyler pendant quarante ans.

Marshall ROBINS : L'aîné des enfants Robins ; séparé de sa femme, Paméla, depuis la naissance de leur fille ; la déception de son père.

Libby (ROBINS) PITTMAN : L'aînée des filles ; travaille aux laboratoires du New Jersey de la *Robins Cosmetics* ; a épousé George Pittman.

Lewis ROBINS : Célibataire ; partage son temps entre les bureaux de la *Robins Cosmetics* à Toronto et le siège de la compagnie à New York.

James ROBINS : 26 ans, le plus jeune des fils ; travaille dans les bureaux parisiens de la *Robins Cosmetics* ; a épousé une ravissante Française, Geneviève.

LES JUMELLES :

Cynthia ROBINS : Vit avec sa sœur jumelle à Londres où elles travaillent pour la *Robins Cosmetics* ; célibataires ; les jumelles ont 23 ans, ce sont les cadettes des enfants Robins.

Candace ROBINS : Inséparable de sa jumelle ; son

reflet même à l'exception d'un grain de beauté sur la joue gauche.

Alfred WALES : Le maître d'hôtel des Robins.

Dorina WALES : Femme d'Alfred ; cuisinière des Robins.

Pamela ROBINS : Femme de Marshall.

Phillip WINGATE : Vit à Londres ; il épousera Cynthia.

Janice ELGAR : Invitée à la croisière fatale organisée par Tyler Robins.

Paul BRYCE : Invité à la même croisière ; homme d'affaire concurrent de Tyler Robins.

Dr John FORBES : ancien prétendant d'Evelyn ; actuel médecin de la famille Robins.

Ian SHEFFIELD : Capitaine à bord du yacht des Robins, le *Falconer.*

PERCIVAL : Steward à bord du *Falconer.*

ARTURO : Cuisinier à bord du *Falconer.*

Julian SHIELDS : Ami intime et avocat des Robins.

B. J. GRIEG : Détective privé.

George PITTMAN : Epoux de Libby ; sculpteur de flacons.

Geneviève ROBINS : Epouse de James.

Ava WINGATE : Vit à Londres ; sœur (sic) de Phillip.

Sergent HORGAN : Sergent de la brigade des homicides de la police d'État du Maryland.

JOACHIM : Magicien de grand talent ; muet de naissance.

GENET : Jeune Eurasienne ; assistante de Joachim.

Steven BOLAND : Anglais obsédé par Candace.

Léna BRAM : Médium ; organise une séance à Londres pour les Robins.

Henry FOWLES : Détective privé à Londres.

Robert COVINGTON : Inspecteur de Scotland Yard, Londres.

Margaret CARMODY : Femme de ménage des Pittman dans leur maison du New Jersey.

William Raylor : Inspecteur de la brigade des homicides de la police du New Jersey.

Ernest Truax : Travaille au développement des nouveaux produits à la *Robins Cosmetics*.

Agnès Ellgwoth : Vieille fille ; voisine des Pittman dans le New Jersey.

Tony Spadua : Cambrioleur ; arrêté par la police du New Jersey.

Capitaine Waltham : Capitaine de la brigade des homicides de la police d'État du Maryland.

PROLOGUE

Ne cherchez pas de fil conducteur reliant l'étrange
série de meurtres qui décima les huit membres de la
famille Robins. Il n'y en a pas ! Les Robins étaient riches
et puissants ? Ce n'est qu'un élément fortuit qui n'affecte
en rien le cours des événements.

* *

C'est au début de l'été que les membres de la famille
Robins se trouvèrent réunis pour la dernière fois...
vivants.

Greenlawn, l'immense propriété familiale située dans
la vallée de Green Spring, Maryland, était alors en
effervescence. Tyler et Evelyn Robins fêtaient leur
quarantième anniversaire de mariage et leur six enfants
étaient venus des quatre coins du monde pour célébrer
l'événement. Certains étaient mariés, Marshall avait
même un enfant mais la tradition voulait qu'en certaines
circonstances seuls les six enfants soient invités.

Tyler avait toujours dirigé sa famille comme ses
affaires et, à soixante et un ans, il n'avait guère de
raisons de se plaindre du résultat. C'était un homme
solide, de forte carrure, aux manières directes et énergi-
ques, qui ne faisait pas son âge. Sa détermination et son
esprit d'entreprise lui avaient permis de donner à la

Robins Cosmetics un essor considérable. La revue financière *Fortune* la situait parmi les vingt premières des cinq cents compagnies qu'elle recensait. La « petite » société familiale était désormais devenue une multinationale prospère. Son siège social était établi à New York, où Tyler et Evelyn possédaient également une maison particulière dans la 50e rue, à l'est de Manhattan.

Tyler n'avait rien d'un parvenu qui se complaît dans sa suffisance. Il savait ce qu'il voulait dans la vie et aussi comment l'obtenir. Il aimait répéter à ses enfants : « L'argent ne vous rend pas meilleurs que ceux qui n'en ont pas. C'est à vous de prouver votre valeur, pas à votre compte en banque. Et c'est cela que j'attends de vous. »

Tyler s'était donc arrangé pour que chacun de ses enfants reçoive la meilleure éducation qui soit. Dès que l'un d'entre eux terminait ses études, il se voyait confier un poste à responsabilité au sein de la *Robins Cosmetics*. Tyler n'hésitait jamais à les placer en concurrence directe. Il entendait ainsi déceler celui qui se montrerait le plus apte à lui succéder lorsqu'il se retirerait des affaires.

Evelyn Robins avait deux ans de moins que son mari. C'était une femme gracieuse et svelte qui ne laissait jamais les hommes indifférents. Elle était aussi romantique que Tyler était volontaire. Avant de rencontrer celui qui allait devenir son époux, elle avait caressé le projet de se lancer dans la littérature. Elle avait abandonné ce dessein depuis longtemps. A défaut d'écrire des romans ou des poèmes, elle n'en tenait pas moins un journal intime. Voici un extrait de ce qu'elle y nota le jour de cette dernière réunion de famille :

Voici tous les enfants réunis. Il y a toujours un fait curieux qui me frappe lorsque je ne les ai pas vus depuis un certain temps. Bien sûr, chacun d'eux a beaucoup de Tyler et de moi ; néanmoins, combien ils me semblent étrangers ! C'est un peu comme si les enfants que j'ai élevés et chéris :

le gentil Marshall, James l'affairé, Lewis si solennel, Libby si sérieuse et ces adorables jumelles, Cynthia et Candace — avaient disparu autrefois. Comme si leurs prénoms, aussi étrange que cela paraisse, avaient été usurpés par ces adultes que je vois aujourd'hui. Je me demande si d'autres parents ont jamais éprouvé un tel sentiment à l'égard de leurs enfants? Je me demande si Tyler connaît la même impression que moi? J'aimerais lui poser la question mais il me reprocherait de fantasmer...

Evelyn avait raison, les enfants tenaient beaucoup de leurs parents. A trente-quatre ans, Marshall, l'aîné des garçons, était sans doute celui qui ressemblait physiquement le plus à son père. Il lui manquait toutefois l'énergie, l'ambition et la sagacité de Tyler dont il était la plus grande déception. Marshall avait trente ans lorsqu'il s'était marié. Tyler avait approuvé son choix — c'était d'ailleurs lui qui avait présenté Paméla à son fils. Cette union ne dura que deux ans, les jeunes époux s'étant séparés après la naissance de leur fille. Marshall, qui travaillait au siège de la compagnie à New York, avait alors demandé à être muté en attendant que Paméla et lui décident s'ils allaient ou non divorcer. Tyler, qui ne voyait pas cette séparation d'un bon œil, lui avait cependant confié la direction du bureau de Los Angeles.

Libby, l'aînée des filles, était le portrait craché de sa mère. De deux ans plus jeune que Marshall, elle travaillait dans les laboratoires de la *Robins Cosmetics* à Mercer County, dans le New Jersey. Elle était chargée de développer de nouveaux produits. Elle avait épousé un sculpteur de flacons qui travaillait au service de création des conditionnements. Leur mariage était une réussite. Libby et son époux George Pittman vivaient dans une vaste maison blanche de style colonial, dans le New Jersey. Le couple n'avait pas encore d'enfant.

Le deuxième fils de Tyler et Evelyn, Lewis, avait trente et un ans. Licencié en sciences et en chimie, il travaillait au siège canadien de *Robins Cosmetics* à

Toronto trois jours par semaine et le reste du temps à New York, effectuant d'incessants aller et retour entre les deux villes. Homme tranquille et travailleur acharné, Lewis avait la complexion svelte de sa mère et la détermination de son père. Il menait une vie beaucoup plus rangée et solitaire que ses frères et sœurs ; c'était un passionné de recherches qui ne manquait jamais une occasion de se livrer à quelque expérience chimique. Il avait toujours résisté aux multiples tentatives de son père, de sa mère et d'autres amis bienveillants pour le marier.

James, le fils cadet, avait vingt-six ans. Son père lui avait légué une forte personnalité et sa volonté agressive. Il était en outre d'un tempérament impatient et impulsif ; des traits de caractère que son père espérait voir s'émousser avec le temps. James avait ainsi occupé six postes différents en l'espace d'une année. Son père n'avait pourtant jamais essayé de le décourager lorsqu'il lui avait demandé ses transferts successifs d'un siège à l'autre de la *Robins Cosmetics*. L'instabilité de James était due, à cette époque, à une liaison qu'il entretenait avec Carrie, la fille du couple qui servait ses parents depuis leur mariage. James savait que, si le bruit de cette aventure arrivait aux oreilles de son père, celui-ci n'hésiterait pas à le déshériter. James et Carrie avaient grandi ensemble, s'étaient épris l'un de l'autre et Carrie s'était finalement retrouvée enceinte. La jeune fille quitta Greenlawn avant la naissance de l'enfant. Seuls Dorina, Alfred et Evelyn — qui avait pris tous les arrangements pour assurer le bien-être de Carrie — connaissaient la vérité. Le maître d'hôtel et la cuisinière avaient gardé le silence, sachant qu'ils n'avaient pas d'autre choix. Peut-être espéraient-ils secrètement que les jeunes gens se marieraient un jour ?

Leurs espoirs devaient être déçus. James travaillait depuis deux ans maintenant au siège parisien de la société. Là, ce jeune homme sombre et vif avait succombé au charme d'une jeune Française, Geneviève. Elle n'avait que vingt et un ans lorsque James l'épousa et leur premier enfant viendrait au monde avant la fin de l'année.

Les dernières nées des Robins étaient les jumelles, Cynthia et Candace, deux très jolies filles de vingt-trois ans. Réplique fidèle l'une de l'autre, elles avaient toujours été inséparables. Si Candace n'avait eu un grain de beauté sur la joue gauche, il aurait été presque impossible de les différencier. Elles partageaient un studio à Londres et travaillaient dans les bureaux britanniques de la *Robins Cosmetics*. Cynthia s'occupait de la publicité et Candace des relations publiques.

Lorsque la famille se retrouvait ainsi à Greenlawn, Tyler Robins aimait jouer les *gentlemen farmer*. Le jour de son quarantième anniversaire de mariage, il s'était levé tôt matin, avait revêtu bottes et culotte d'équitation et était parti inspecter les terres, les écuries, les courts de tennis et la piscine. La journée était belle et il entendait en profiter au maximum.

Les autres, comme à leur habitude, chevauchaient dans les vallons de la propriété, jouaient au tennis ou s'ébattaient dans la piscine.

Ce soir-là, ils s'installèrent tous autour de la table de la salle à manger. Les enfants portèrent un toast à Tyler et à Evelyn. Alfred, les deux serveuses et Dorina, échappée un instant de la cuisine, joignirent leurs vœux à ceux des enfants. La discussion fut des plus détendues et porta sur la croisière que Tyler et Evelyn avaient organisée pour la semaine suivante sur leur yacht. Marshall et les jumelles les accompagneraient ainsi que d'autres invités, étrangers à la famille.

C'est au cours de cette croisière qu'allait être commis le premier meurtre frappant la famille Robins.

CHAPITRE PREMIER

1

Le *Falconer*, le yacht des Robins, était un fier bateau. Il offrait tout le confort d'un hôtel moderne. Outre les dix cabines passagers et le salon, on trouvait un terrain de jeu à l'avant et à l'arrière un harnais de pêche en haute mer. L'équipage était composé de six matelots, d'un cuisinier, du steward et du capitaine, Ian Sheffield. Les quartiers du capitaine et de l'équipage étaient situés au deuxième niveau sous le pont.

Le yacht mouillait habituellement à Wilmington, dans le Delaware. Depuis quelques jours toutefois, il se trouvait en rade à Honolulu, fidèle au rendez-vous lorsque Tyler, Evelyn, Marshall, les jumelles et les invités atterrirent à Hawaï. Tyler Robins désirait faire une croisière vers le sud-ouest de l'océan Pacifique jusqu'à l'île de Wake où il avait servi durant la Seconde Guerre mondiale et où il n'était jamais retourné depuis lors. Il avait invité cinq personnes et son choix était des plus éclectiques.

Marshall Robins fut stupéfait de voir sa femme, Paméla, monter à bord. C'était une jeune femme insipide. Elle n'aurait guère attiré l'attention si elle n'avait eu un goût sûr pour se vêtir et se maquiller, ce qui lui conférait une certaine classe.

On lisait la détermination sur le visage de Tyler. Il attira son fils aîné à l'écart et lui dit sur un ton ferme : « Je veux que tu donnes une deuxième chance à ton mariage, mon garçon. Cette croisière t'en offrira l'occasion. Je souhaite que tu reprennes la vie commune avec Paméla ; je dirais même plus : je veux que Paméla reste dans la famille. Est-ce que je me fais bien comprendre ? »

L'ingérence de Tyler dans ses affaires personnelles provoqua la colère de Marshall. Il était furieux mais, sachant qu'ils vivraient en huis clos durant plusieurs semaines, il fit contre mauvaise fortune bon cœur. Il acquiesça d'un signe de tête et s'enfonça dans un mutisme poli.

Une surprise du même cru attendait sa sœur, Cynthia : la présence de Phillip Wingate.

Depuis quelques mois, elle sortait régulièrement avec ce jeune homme dont elle était éperdument éprise. Demeurant en Europe, elle s'imaginait qu'aucun des siens — hormis sa sœur jumelle, Candace — ne connaissait ne fût-ce que l'existence de Phillip. Or, voici qu'il figurait au nombre des hôtes de son père.

Phillip Wingate, un Anglais, avait une bonne dizaine d'années de plus que Cynthia. C'était un homme solide, blond avec une épaisse moustache. Il était assez séduisant, en dépit des rides naissantes qui marquaient son visage.

Wingate fut décontenancé lorsqu'il comprit que Cynthia ne s'attendait pas à ce qu'il participe à cette croisière. Il avait pensé, en recevant l'invitation de Tyler, que la jeune fille estimait le moment venu de le présenter à sa famille. Comprenant qu'il avait été trop prompt à se réjouir, il s'efforça de ne pas afficher sa déception et loua, en parfait homme du monde, l'amabilité et l'hospitalité des Robins.

24

Cynthia était mise devant un fait accompli sans autre forme de procès...

Tyler n'accorda aucune attention aux réactions de ses enfants.

Il présenta ensuite Janice Elgar, la veuve d'un de ses amis londoniens, Frédérick Elgar. C'était une femme mince, de grande taille, à la chevelure d'ébène, qui ne paraissait guère plus âgée que les jumelles. Nul à bord ne la connaissait ou n'en avait jamais entendu parler. Les autres invités, en revanche, n'étaient pas des inconnus.

Paul Bryce était un concurrent — et néanmoins ami — de longue date de Tyler. Les deux hommes étaient sensiblement du même âge. Bryce, un homme jovial, de haute stature, était président du conseil d'administration de la société *Tiempo Cosmetics*. Il avait accepté avec empressement cette invitation, ravi de l'occasion qui lui était ainsi offerte de se livrer à son sport favori, la pêche en haute mer.

Le dernier invité était le Dr John Forbes, médecin et ami de la famille depuis de longues années. Forbes était en fait le prétendant d'Evelyn à l'époque où Tyler la rencontra. Que Tyler ait choisi John Forbes comme médecin de famille dès qu'il eut épousé Evelyn n'avait rien de surprenant ; c'était une attitude révélatrice de sa personnalité. Forbes ne s'était jamais marié et en dépit des efforts émérites qu'il faisait pour dissimuler ses sentiments, il était manifeste qu'il était toujours épris d'Evelyn. La vie avait déçu cet homme. L'âge — il avait à présent soixante ans — lui avait octroyé une certaine distinction. Ses cheveux, qu'il coiffait avec soin, étaient plus argentés que bruns. Son visage n'avait pas pris la moindre ride, seules de timides pattes-d'oie plissaient ses yeux.

Durant la première semaine qui suivit le départ d'Honolulu, la vie à bord du *Falconer* s'organisa selon une routine qui ne varierait guère au cours du voyage.

Le matin, la plupart des hôtes prenaient leur petit

déjeuner à des moments différents, chaçun étant libre de se lever aussi tôt ou aussi tard qu'il l'entendait. Les hommes tentaient ensuite leur chance à tour de rôle à la pêche en haute mer. Les femmes les rejoignaient parfois. Tyler pêcha un merlin d'un mètre vingt, Evelyn, un requin et Marshall, un pèlerin de bonne taille. La moindre prise suscitait l'effervescence sur le pont arrière ; les cris admiratifs succédaient aux applaudissements et chacun félicitait l'adresse et l'habileté de l'heureux veinard. Les matinées étaient réservées à la détente et aux bains de soleil.

A l'heure du déjeuner, on dressait toujours un buffet danois sur le pont.

L'air était si chaud et l'atmosphère si lourde l'aprèsmidi que personne ne sortait si ce n'est pour se prélasser à l'ombre.

Les femmes faisaient la sieste ou jouaient au rami dans l'une ou l'autre des cabines. Les hommes, eux, entamaient une interminable partie de poker dans le grand salon où Alfred, le maître d'hôtel, servait des rafraîchissements. Nul ne savait pour quelle raison Tyler avait tenu à s'assurer de ses services en dépit de la présence du steward, Percival.

Le soir, les convenances sociales prenaient le pas sur la décontraction bon enfant. Tous les membres de la famille et les invités étaient priés d'assister au dîner servi dans le grand salon. Les Robins et leurs hôtes se livraient ensuite à des jeux de société ou assistaient à la projection d'un film.

Le temps était au beau fixe depuis le début de la croisière. Une dizaine de jours après le départ d'Honolulu, Candace se promenait sans but sur le pont. La jeune fille était tendue et préoccupée, mais l'expression de son visage se modifia quelque peu lorsqu'elle aperçut sa mère. Elle se laissa choir près d'elle dans un transat et entra directement dans le vif du sujet : « Mère, pourquoi agit-il ainsi ? »

Evelyn soupira. Elle interrompit la lecture d'un roman d'Agatha Christie et déposa le volume près d'elle. D'un geste lent, elle planta ses lunettes dans sa longue chevelure puis plongea son regard dans les yeux de sa fille.

« Que veux-tu dire ? », demanda-t-elle surprise.

Candace fit un geste de la main qui manifestait quelque impatience. « Tu sais très bien de qui et de quoi je parle », répliqua-t-elle d'un ton vif. « De Père, bien sûr. Et de sa façon d'inviter cette pauvre Paméla et Phillip Wingate sans en avertir ni Marshall, ni Cynthia, ni qui que ce soit d'ailleurs. Ne crois-tu pas que Paméla était la dernière personne que Marshall désirait voir ?... Mais Père le contraint à passer plusieurs semaines en sa compagnie... Quant à Cynthia, elle est mortifiée de voir dans quelle situation inconfortable il a placé Phillip Wingate... Pourquoi torture-t-il toujours les autres ? Son attitude est réellement insupportable, non ? »

La main d'Evelyn effleura tendrement le bras de sa fille. « Je pense que tu sais pourquoi ton père les a invités. Il tient à ce que Paméla reste des nôtres à présent que sa fille est née, et... », elle s'interrompit un instant avant de poursuivre... « et il veut en apprendre plus sur M. Wingate. Tu connais ton père, il ne faut pas dramatiser... »

« Mais comment était-il au courant de l'existence de Phillip ? » objecta Candace. « J'étais la seule à savoir que Cynthia sortait avec lui et je n'en ai certes jamais parlé à Père. Je connais trop bien ses réactions. »

Evelyn hocha la tête, amusée. « Quand donc comprendrez-vous, mes enfants, que vous ne pouvez avoir de secret pour votre père, pas avec les ressources dont il dispose ?... Dis-toi une chose, Candace, où que vous soyez, ton père garde un œil sur vous. Est-ce difficile à comprendre ?... »

« Et les autres invités ? Qui est cette femme, Janice

Elgar ?... Et pourquoi a-t-il invité Bryce ? » questionna Candace, qui suivait son idée.

« Il me semble que tu oublies John Forbes », ajouta Evelyn en souriant d'un air moqueur. « Ne perds pas ton temps à chercher des réponses à tes questions. Ton père n'est pas homme à agir sans raison. Je ne pense pas me fourvoyer en affirmant qu'avant la fin de la croisière nous saurons ce qu'il à en tête. »

Tyler Robins allait donner raison à sa femme — par documents et témoignages interposés — dans les semaines qui suivirent cette discussion.

Après le premier meurtre, certain faits furent en effet découverts, qui permirent de mieux comprendre les événements survenus à bord du *Falconer.* En fait, divers éléments furent mis en lumière.

Il y eut tout d'abord la déclaration de Marshall aux gardes-côtes américains : « Oui, il est vrai que durant tout ce voyage, Père n'a cessé de me harceler au sujet de mon mariage ; il exigeait que je reprenne la vie commune avec Paméla. Quant à la nuit où les autres nous ont entendus nous quereller dans ma cabine, eh bien oui, nous avons eu une violente altercation. J'essayais de lui expliquer que ma femme ne m'aimait pas mais qu'elle se contentait de le prétendre. Il ne voulait rien entendre. Il a élevé la voix ; il était furieux et c'est à ce moment qu'il a menacé de me déshériter. Il envisageait de léguer ma part de la propriété à ma fille, sa petite-fille... Non, je n'ai pas tué mon père... Non, je ne sais pas qui l'a tué... »

Evelyn découvrit également l'existence d'un enregistrement — réalisé en secret par Tyler — d'une conversation qu'il avait eue avec Paul Bryce :

Tyler : Paul, il y a une question... hum... plutôt délicate que j'aimerais aborder avec vous.

Bryce : Allez-y, je vous en prie. Voyons, de quoi s'agit-il ?

Tyler : ... De certaines « affaires » que vous avez faites avec Ernest Truax.

Bryce : Avec qui, dites-vous ? Je n'ai jamais entendu parler de...

Tyler : Ernest Truax, un de mes employés. Allons, Paul, ne jouons pas au plus fin. Je possède des documents, des photos prouvant que vous avez payé Truax pour qu'il vous fournisse des informations sur les nouveaux produits mis au point dans mes laboratoires. J'ai engagé un détective qui a fait du très bon boulot ! Je possède les preuves de ce que j'avance.

Bryce : Croyez-vous que nous devions parler de cela... Je ne tiens pas à en discuter...

Tyler : Vous avez raison. Il n'y a effectivement pas matière à discussion. Si je vous traîne devant les tribunaux, la vérité éclatera et vous serez fini. Mais j'ai une autre solution à vous proposer.

Bryce : Ecoutez Tyler, je refuse de discuter de...

Tyler : Voici ma proposition. Je vous en prie, ne compliquez pas votre situation. Vous me versez cinq millions de dollars de la main à la main et je passe l'éponge. Vous avez le choix : ou vous acceptez ce compromis ou vous êtes un homme fini. Je vous laisse jusqu'à la fin de cette croisière pour me répondre. Maintenant, buvons quelque chose. Passez-moi votre verre voulez-vous...

Evelyn, de son côté, avait noté un soir très tard dans son journal :

Il y a quelques minutes, j'ai reçu la visite de John Forbes. Il souhaitait me rapporter une conversation pour le moins étrange et déplaisante qu'il avait eue avec Tyler. John prétend que Tyler lui a donné à entendre qu'il avait de bonnes raisons de douter de ma fidélité ! Pauvre John, cette déclaration l'a bouleversé. Il l'était d'autant plus que Tyler a insinué que mon « amant » n'était autre que lui. Voici une bien étrange croisière ; je me demande ce qu'elle nous réserve encore !

Tyler Robins laissa derrière lui une lettre inachevée, destinée à sa fille, Cynthia :

Ma chère enfant,

T'écrire cette lettre me coûte beaucoup. Je ne m'y résous qu'en songeant à ton bonheur qui m'est très précieux. Tu l'as sans doute déjà deviné, elle concerne ton ami, Phillip Wingate. Surtout ne t'inquiète pas de savoir comment j'ai découvert son existence. J'ai fait mener une enquête sur le passé et les affaires de ce jeune homme dès que j'ai appris que tu t'intéressais à lui. L'enquête n'est pas terminée mais je possède d'ores et déjà certaines informations inquiétantes. Tu le sais — il ne s'en cache pas — Wingate est veuf et le commerce d'antiquités qu'il dirige à Londres ainsi que la petite propriété des Meadlands où il vit avec sa sœur lui ont été légués par sa défunte femme. Ce que tu ignores — et tu n'es pas la seule, ma chère fille — c'est que le décès de son épouse est intervenu dans des circonstances pour le moins mystérieuses. Une chute inexpliquée. Scotland Yard n'a pas encore classé le dossier. Tu as sans aucun doute constaté que, ces derniers jours, Wingate était mal à l'aise en ma présence. Il existe une raison simple à son comportement : j'ai fait de vagues allusions lui donnant à entendre que j'en savais plus à son propos qu'il ne le soupçonnait. Son malaise est aggravé par la présence de Janice Elgar. Cette femme est en réalité le détective privé que j'ai engagé pour fouiller dans le passé de cet homme. Qui plus est, l'épouse de Wingate était sa tante. Elle nourrit quelques soupçons quant au rôle qu'il a joué dans cette affaire. Elle était encore très jeune lorsqu'il l'a rencontrée pour la dernière fois, c'est ce qui explique qu'il ne l'ait pas encore reconnue. Pourtant, cette femme l'intrigue. Oui, je joue au chat et à la souris avec lui — et il le sait. S'il est innocent, il n'a pas de souci à se faire, mais si d'aventure je découvre qu'il est coupable, je ne puis dire qu'une chose : " Que Dieu le protège !!! " J'attends de plus amples informations de Londres par radio, à son sujet, dans les jours qui viennent. J'achèverai cette lettre et je te la remettrai dès qu'elles seront en ma possession... »

Alfred fit également une déclaration aux gardes-côtes américains chargés de l'enquête :

« Oui, il est exact que M. Tyler Robins a eu une altercation avec le capitaine Sheffield, avec le cuisinier et avec le steward. Leur différend portait sur la disparition d'une caisse de whisky de la réserve à vivres. C'est moi qui ai découvert le vol et je l'ai aussitôt signalé à M. Robins. Il a convoqué les trois membres de l'équipage — qui étaient les seuls en dehors de moi à avoir une clé de la réserve — pour les interroger. Ils ont tous nié avoir eu connaissance du vol. C'est alors que le ton a monté entre les quatre hommes. M. Robins les a avertis que s'ils ne découvraient pas l'auteur du forfait, il les congédierait tous les trois au terme de la croisière... Oui, il est vrai qu'à partir de ce moment, leurs rapports n'étaient plus aussi sereins. Je ne suis sans doute pas le seul à l'avoir remarqué. »

Tous ces incidents s'étaient produits avant le jour fatal.

Ce jour-là, le ciel était couvert ; une forte pluie orageuse s'abattait sur le *Falconer* et la mer était démontée. Les éléments préparaient-ils la scène pour le drame qui allait se jouer ?

Les passagers se levèrent plus tard que d'habitude. Après le petit déjeuner, la plupart d'entre eux restèrent dans le grand salon, échangeant des remarques et des propos rassurants quant à la tempête.

Tyler Robins, fidèle à ses habitudes, faisait exception à la règle. Il s'était levé à l'aube, avait pris un petit déjeuner léger et s'était rendu sur le pont pour discuter avec le capitaine.

« Rien d'inquiétant pour l'instant », l'informa Sheffield. « Mais selon les communiqués météo qui nous parviennent, la tempête empirera avant que nous n'ayons eu le temps de quitter le secteur. »

Tyler rapporta les nouvelles à ceux qui se trouvaient déjà dans le grand salon. En voyant leurs mines déconfites, il s'efforça de les réconforter en ajoutant : « Le *Falconer* est un bateau solide, il tient bien la mer. Ne vous en faites donc pas !... »

Durant toute la matinée, Tyler partagea son temps entre le pont, le grand salon et sa cabine.

Il tenait un journal de bord dans lequel il inscrivit peu avant midi :

Jeudi — une mauvaise tempête. Le Capitaine affirme que tout se passera bien, mais du gros temps nous attend. Pour l'instant tout le monde à bord accepte la situation avec philosophie... Souhaitons que la panique ne s'empare pas d'eux au moment critique...

Un déjeuner léger fut servi à midi dans le grand salon. Tous les passagers étaient présents. Tyler proposa aux hommes de disputer leur partie de poker quotidienne dès que le repas fut terminé. Les femmes se retirèrent dans leurs cabines, certaines pour lire, d'autres pour jouer au rami.

En milieu d'après-midi, Alfred apporta un plateau de boissons et une boîte de cigares pour détendre l'atmosphère. On se souviendrait plus tard que Tyler et Paul Bryce avaient demandé du jus d'orange et du champagne, Marshall, un bourbon, le Dr John Forbes, un Bloody Mary et Phillip Wingate, une vodka tonic.

Tyler ressentit un malaise moins d'une heure après qu'Alfred les eut servis. Les traits de son visage se contractèrent et il pâlit. Il continua cependant à jouer jusqu'au moment où, saisi d'une sueur froide, il fut contraint de quitter la table en chancelant.

Le Dr Forbes, inquiet de son état, l'accompagna à sa cabine et lui demanda de s'allonger. Tyler se sentait fiévreux et se plaignait de violentes douleurs à l'estomac. Le médecin constata que sa température et son pouls étaient un peu trop élevés. Il lui conseilla de se reposer et quitta la cabine quelques instants. Forbes se précipita chez Evelyn pour l'informer du malaise de son époux.

Cette dernière se rendit aussitôt dans la cabine de Tyler et demeura quelque temps à son chevet.

Peu après, Paul Bryce se plaignit lui aussi d'être souffrant. Le Dr Forbes nota les mêmes symptômes ; il

32

conseilla donc à Bryce de se reposer dans sa cabine. Le médecin supposait que le champagne et le jus d'orange consommés par les deux hommes étaient à l'origine de leur indisposition.

La tempête faisait rage à présent. Le *Falconer* était projeté en tout sens ; des lames balayaient le pont, interdisant à quiconque d'y demeurer. Le Dr Forbes ne sut bientôt plus où donner de la tête. Les passagers souffraient presque tous du mal de mer, en particulier Candace et Paméla.

John Forbes échappa quelques minutes à ses patients pour se rendre auprès de Bryce et de Tyler ; les deux hommes l'accueillirent en lui disant qu'ils se sentaient mieux. Evelyn, qui se trouvait toujours auprès de son époux, demanda à John d'administrer un léger sédatif à Tyler pour l'aider à dormir. Elle accompagna le médecin jusqu'à l'infirmerie où il prépara le sédatif demandé.

Evelyn se dirigeait vers la cabine de son mari lorsqu'elle rencontra Alfred, le maître d'hôtel. Elle lui expliqua qu'elle ressentait à son tour les effets du mal de mer et lui demanda de porter le verre à Tyler. Elle regagna sa propre cabine en proie à de violentes nausées.

Deux heures plus tard, son malaise s'étant dissipé à la faveur d'une accalmie de la tempête, elle en profita pour appeler son mari par l'interphone. Elle n'obtint pas de réponse. Toutes ses tentatives pour le joindre se soldèrent par un échec. Elle décida donc de se rendre chez Tyler. La porte était fermée de l'intérieur. Elle frappa mais nul ne lui ouvrit. Aucun bruit attestant une présence ne filtrait...

Elle appela Alfred par l'interphone de la coursive et lui demanda de partir à la recherche de son mari. Elle lui précisa en outre qu'elle l'attendrait devant la cabine de celui-ci. Evelyn ne quitta pas une seconde son poste d'observation. Le maître d'hôtel revint seul après un long moment. Alfred haussa les épaules en signe d'im-

puissance et dit sur le ton habituel des gens de maison :
« Que Madame m'excuse mais M. Robins est introuvable ! »

Evelyn n'accorda aucune attention au salut du maître d'hôtel et lui ordonna : « Très bien. Allez chercher le capitaine. Je veux qu'il ouvre cette porte. » Elle ajouta : « Alfred, ne soufflez mot à personne de cet incident. Mon inquiétude suffit, il est inutile d'alarmer les autres. »

Quelques minutes s'écoulèrent avant que le maître d'hôtel, le capitaine Sheffield et deux hommes d'équipage ne la rejoignent. Sur les ordres de Mme Robins, ils firent sauter la porte de ses gonds, lesquels étaient posés à l'extérieur de la cabine. Evelyn, très tendue, les regarda faire. Ils utilisèrent des pinces, un marteau et un burin. Ils firent ensuite glisser la porte à l'aide d'un pied-de-biche.

Evelyn, le capitaine Sheffield, les deux hommes d'équipage et Alfred restèrent un instant dans l'embrasure de la porte et évaluèrent la scène qui s'offrait à leurs yeux. A première vue, tout était en ordre. Mais Evelyn laissa échapper un petit cri et montra du doigt le corps de Tyler qui gisait devant le bureau, au fond de la pièce. Il était étendu sur le dos, le côté droit tourné vers la porte.

Evelyn se précipita vers lui. Dans sa hâte, elle se prit les pieds dans son long cafetan et faillit perdre l'équilibre avant de s'écrouler sur le corps de son mari. Le capitaine Sheffield, les deux hommes d'équipage et le maître d'hôtel demeuraient immobiles sur le seuil de la porte.

Evelyn poussa un autre cri : « Quelqu'un l'a poignardé ! » hurla-t-elle. Elle se redressa en soulevant l'épaule gauche de Tyler. Un couteau était planté dans sa poitrine, légèrement en-dessous du niveau de l'aisselle. Evelyn reposa doucement le corps sur le sol. « Allez chercher le Dr Forbes ! Dépêchez-vous ! » ordonna-t-elle d'une voix étouffée par les sanglots.

Un des hommes d'équipage fit un pas vers elle, mais le

capitaine Sheffield le retint : « Je crois que nous devrions tous rester à l'extérieur de la cabine en attendant l'arrivée du médecin. »

Alfred réapparut bientôt accompagné du Dr John Forbes. Evelyn n'avait pas bougé, elle sanglotait toujours aux côtés de son mari. Forbes dut l'éloigner : « Laissez-moi approcher », dit-il.

Il essaya de prendre le pouls de Tyler d'une main, tout en cherchant son stéthoscope dans sa trousse de l'autre. Il appliqua ensuite l'appareil sur la poitrine de Tyler, écouta longuement, souleva les paupières closes, puis se releva. Il regarda Evelyn puis les hommes toujours figés sur le seuil en hochant la tête.

« Il est... Il n'est pas... Ce n'est pas possible... », disait Evelyn d'une voix sourde.

« Il est mort », dit le Dr Forbes.

« Quelqu'un l'a tué », ajouta Evelyn d'une voix blanche. Elle se trouvait dans un état de choc. Son regard était inexpressif, son visage livide.

« Tout porte à le croire », acquiesça le médecin. Il l'aida à se relever.

« Attendez ! », intervint le capitaine Sheffield en avançant d'un pas dans la cabine. « Je ne comprends pas. Comment aurait-on pu l'assassiner ? Sa cabine était verrouillée de l'intérieur. Nous avons dû faire sauter la porte de ses gonds. » Il indiqua du doigt les hublots. « Ils sont suffisamment larges pour permettre à un homme de s'introduire de l'extérieur mais ils sont aussi verrouillés de l'intérieur. »

Chacun scruta avec méfiance les recoins de la pièce. L'ordre y régnait à quelques détails près. La couchette n'était pas défaite bien qu'on y discernât une légère dépression à l'endroit où Tyler s'était étendu lors de son malaise. Sept ou huit livres étaient empilés sur la table de chevet ; le verre ayant contenu le sédatif s'y trouvait ainsi qu'une boîte de cigares, un cendrier et un briquet. Les tiroirs de la commode adossée contre une des parois étaient fermés et le grand coffre de marin au pied du lit ne semblait pas avoir été ouvert.

Seul le bureau était en désordre. Tyler s'y trouvait probablement au moment de sa mort. Un encrier était renversé et l'encre se répandait jusque sur le sol ; il y avait un stylo près du cadavre. Le carnet de bord de Tyler était ouvert et on pouvait y lire ce qui avait sans doute été ses dernières pensées : « Mercredi. Nous venons de fr- » et des lettres indéchiffrables s'étiraient en travers de la page.

Les personnes présentes reconnurent à l'unanimité que l'arme blanche plantée dans la poitrine du défunt n'était autre que le couteau de pêche qui se trouvait en temps normal à la poupe du yacht.

La question du capitaine Sheffield demeura sans réponse. Le Dr Forbes prit la parole : « J'ignore ce qui est réellement advenu ici, mais il est impératif de prévenir les autres passagers. »

Evelyn acquiesça et bien qu'elle ait été faible et chancelante, elle insista pour annoncer elle-même la triste nouvelle à sa famille et aux autres passagers et elle demanda au capitaine de prévenir l'équipage. Le Dr Forbes recouvrit le corps d'un drap et les deux marins replacèrent la porte dans ses gonds sur l'ordre de Sheffield.

Ceux qui se trouvaient à bord du *Falconer* qualifièrent plus tard cette nuit de « véritable enfer ».

Une atmosphère malsaine régnait provoquée par la mort de Tyler Robins et par la certitude de la présence à bord d'un assassin. L'épreuve fut d'autant plus terrible que la tempête redoubla de violence. Le vent hurlait, une pluie aveuglante s'abattait sur le yacht et d'énormes vagues déferlaient sur le pont. Le *Falconer* roulait, tanguait et se débattait contre l'océan déchaîné. Le contact radio et le circuit électrique furent coupés. Les passagers s'entassèrent dans le salon faiblement éclairé par les flammes vacillantes des bougies et des lampes à huile, s'attendant à chaque instant à ce que le *Falconer* sombrât. La détresse se lisait sur tous les visages.

Bouleversés par les événements terrifiants de la nuit, chacun à bord poussa un soupir de soulagement lorsqu'au petit matin, les éléments se calmèrent. Le destin leur réservait pourtant un nouveau coup de théâtre.

Le capitaine Sheffield fit le tour du yacht le matin venu afin d'évaluer l'étendue des dégâts provoqués par la tempête et découvrit un fait sidérant : le corps de Tyler, enveloppé dans le drap, avait disparu durant la nuit. Un des hublots de la cabine était ouvert, il plongeait à pic sur l'océan menaçant.

2

Quelques heures après la découverte de la disparition du corps de Tyler Robins, le circuit électrique du *Falconer* fut rétabli. Evelyn utilisa aussitôt la radio de bord pour appeler à New York l'avocat de la famille, Julian Shields. Elle l'informa des récents événements et le pria de rechercher le détective privé qui avait travaillé autrefois pour son mari. Elle lui demanda également de prendre l'avion pour l'île de Wake accompagné du détective afin qu'ils soient présents lors de l'arrivée du *Falconer.*

Les deux hommes, Julian Shields et B. J. Grieg, étaient sur le quai lorsque le yacht accosta. Ils montèrent à bord avant qu'aucun passager ou membre de l'équipage n'ait posé le pied à terre.

Evelyn engagea Grieg pour enquêter sur les circonstances du décès de son époux et pour découvrir ce qu'il était advenu de sa dépouille. Ses instructions étaient claires : « Peu importe ce que cela me coûtera ou le temps que cela demandera, monsieur Grieg. Je veux que vous résolviez cette énigme et que le meurtrier soit arrêté. »

Le privé était un homme trapu, de taille moyenne ; il avait une quarantaine d'années, un regard perçant et fixe, des yeux froids. Il mordillait inlassablement le bout de son cigare. Ses vêtements taillés près du corps lui faisaient une seconde peau.

La première initiative de Grieg consista à fouiller le yacht de fond en comble, du pont supérieur à la cale. Il voulait s'assurer que le corps n'avait pas été dissimulé en quelque endroit. Son investigation s'avéra infructueuse. Il était par ailleurs exclu qu'il ait pu être transporté à terre puisque Evelyn avait prié tous les participants à cette croisière de rester à bord jusqu'à ce que le détective ait eu le temps de les interroger et de fouiller le yacht. Chacun avait eu à cœur de respecter ce désir légitime.

Grieg conduisit l'interrogatoire des passagers et des membres de l'équipage dans le grand salon. Il reçut chacun en particulier et posa à tous les quatre mêmes questions :

« Avez-vous vu Tyler Robins ou lui avez-vous parlé le jour de sa mort ? »

« Où vous trouviez-vous lorsque vous avez appris son assassinat ? »

« Etes-vous entré dans la cabine de Tyler Robins, pour l'une ou l'autre raison, durant la soirée qui suivit son trépas ? »

« Avez-vous des raisons de suspecter quelqu'un ? Si oui, lesquelles ? »

Le privé n'avait pas l'intention d'en rester là. Un interrogatoire ultérieur compléterait celui-ci. Il autorisa donc tout le monde à descendre à terre.

Evelyn parla à Julian Shields de l'existence de l'enregistrement de la conversation entre Tyler et Paul Bryce. Avant de prendre une décision à ce propos et d'en souffler mot à ses enfants, elle voulait en savoir plus. Ce document l'inquiétait.

Avant que le *Falconer* n'ait atteint l'île de Wake, Evelyn avait également trouvé la lettre inachevée que Tyler destinait à Cynthia et dans laquelle il était question de Phillip Wingate.

Elle avait remis la lettre à la jeune fille. Cynthia fit peu de cas des soupçons de son père et ajouta d'un ton excédé : « Phillip m'a déjà parlé du décès tragique de sa femme. C'était un accident. Père s'inquiétait inutilement. Cette lettre ne change en rien mes sentiments à l'égard de Phillip. »

Le cauchemar de la mort de Tyler Robins ne se termina pas avec la fin de la croisière.

Evelyn, Marshall, Candace et Cynthia rejoignirent par avion la propriété familiale du Maryland. James Robins et sa femme, Geneviève, étaient déjà sur place ainsi que Libby et Lewis.

L'étrangeté des événements entraîna bien sûr d'interminables discussions et maintes altercations qui trahissaient des dissensions au sein de la famille Robins. Evelyn avait prié Julian Shields et B. J. Grieg de les retrouver à Greenlawn.

Au cours de ces discussions animées, l'avocat tint régulièrement le rôle de médiateur entre les membres de la famille. Son tact facilita également les relations entre les Robins et le privé, qui avait été confirmé dans ses fonctions d'enquêteur.

Julian Shields possédait toutes les qualités requises pour assumer une telle tâche. C'était un homme qui approchait de la soixantaine et qui supportait bien le poids des ans. Il était grand, mince, d'allure sérieuse et surtout calme, pondéré et judicieux. Il était par ailleurs très respectueux des sentiments d'autrui et faisait toujours en sorte que chacun puisse exprimer ses idées personnelles.

Un beau jour, James Robins laissa exploser sa fureur à l'encontre de son frère aîné, Marshall : « Les différents rapports prouvent que tout le monde était conscient de la tension sournoise qui régnait à bord. Tu étais le seul homme de la famille à participer à cette croisière mais ta rancune à l'égard de Père t'a aveuglé... Pourquoi, pourquoi n'as-tu pas protégé notre père ? »

La réplique de Marshall ne fut guère plus tendre : « J'aimais Père autant que toi. Force est cependant de reconnaître que la tension régnait partout où il se trouvait. Il n'en allait jamais autrement. Et tu le sais. Comment aurais-je pu deviner que quelqu'un était déterminé à le tuer ? Comment en aurais-je été averti ? Me soupçonnerais-tu par hasard ? »

Julian intervint calmement : « Je vous en prie ! Vous n'avez aucune raison de vous disputer ainsi. La tristesse qui nous accable tous est déjà suffisante. »

L'avocat laissa aux deux frères le temps de réfléchir à ses propos avant d'ajouter : « Je crois qu'il serait plus constructif d'écouter ce que M. Grieg a à nous dire. N'êtes-vous pas de cet avis ? »

« Vous avez raison Julian », intervint Evelyn.

Tous les regards convergèrent alors vers le détective privé qui avoua n'avoir trouvé qu'une théorie quant à la manière dont le crime avait pu être commis. Elle se fondait sur son inspection du yacht et sur les déclarations obtenues lors de l'interrogatoire partiel des passagers du *Falconer*.

« Nous savons que la porte et les hublots étaient verrouillés de l'intérieur lors de la découverte du crime. C'est la raison pour laquelle je suis persuadé que l'élément essentiel a été négligé dans l'affolement. *L'assassin se trouvait toujours dans la cabine — caché bien sûr — au moment où la porte a été ouverte.* Le coffre de marin qui se trouvait au pied de la couchette constitue l'endroit le plus approprié, me semble-t-il. »

« Et nul n'a songé à y regarder », commenta laconiquement Marshall.

Grieg opina du chef : « C'est bien ça ! Le meurtrier comptait sur l'effervescence provoquée par l'assassinat de M. Tyler Robins. La porte fut ensuite remise en place et, durant la confusion due au meurtre et aggravée par le gros temps, c'était un jeu d'enfant pour lui de sortir du coffre et de reprendre sa place parmi les autres. »

« Cette explication est plausible », observa Evelyn.

« Selon moi, c'est l'explication la plus logique », renchérit Grieg. Il s'interrompit un instant avant de poursuivre : « Je ne puis malheureusement qu'avancer des spéculations quant aux mobiles qui ont poussé le meurtrier à se débarrasser du corps. Je suppose qu'il redoutait que quelque indice révélateur ne subsiste. »

« Une question ! » intervint Julian Shields, « lorsque vous avez interrogé les passagers et les membres de l'équipage à l'île de Wake, chacun a-t-il pu prouver où il se trouvait au moment où on a découvert le corps dans la cabine ? »

Grieg se rembrunit : « Hum… Chacun m'a *dit* où il se trouvait, c'est un fait, mais certains n'ont pas été capables de me prouver la véracité de leurs dires. En d'autres termes, ils n'avaient pas de témoins pour confirmer leurs déclarations. »

« Bien. Et combien de personnes se trouvent-elles dans cette situation ? » interrogea Julian Shields.

« Disons… Trois ou quatre passagers », répondit Grieg, « et la moitié — ou peu s'en faut — des membres de l'équipage. »

Shields poursuivit : « C'est donc parmi eux qu'il convient de rechercher le coupable ? »

Grieg approuva d'un lent signe de tête. Il était dubitatif : « Oui, pour autant que ma théorie soit correcte. Toutefois, le fait qu'un passager ou qu'un membre de l'équipage soit incapable de produire un témoin susceptible de confirmer ses dires n'en fait pas nécessairement un suspect. Laissez-moi vous donner un exemple. »

Il feuilleta son carnet de notes avant de poursuivre : « Prenons le cas de M. Phillip Wingate. Il fut l'un des derniers à apprendre la mort de M. Robins. Il n'était pas dans sa cabine au moment où Mme Robins, ici présente, informa les passagers de la tragédie. Il prétend toutefois qu'à ce moment il attendait Janice Elgar dans sa cabine parce qu'il désirait lui parler. En fait, il est exact que Mlle Elgar *n'était pas* dans sa cabine ; elle était en compagnie de Mlle Candace Robins, dans la cabine de cette dernière. Ainsi, la déclaration de Janice Elgar confirme de façon indirecte celle de M. Wingate. »

Le détective privé conclut son intervention en disant qu'il avait l'intention de poursuivre l'interrogatoire de toutes les personnes présentes à bord du *Falconer*.

Quelques jours après ces discussions ardues à Greenlawn, les gardes-côtes américains — qui ont juridiction pour tous les crimes commis sur des bateaux battant pavillon américain — conduisirent leur enquête sur le meurtre de Tyler. Le port d'attache du *Falconer* étant Wilmington, dans le Delaware, l'enquête se déroula à Philadelphie, Pennsylvanie. Après avoir recueilli toutes les déclarations et examiné tous les éléments en leur possession, ils aboutirent à la conclusion suivante : « Le meurtre de Tyler Robins a été commis par une ou plusieurs personnes non identifiées... »

CHAPITRE II

1

L'enquête des gardes-côtes piétinait. De tous les enfants Robins, James était peut-être le plus perturbé par la mort tragique de son père. Il n'avait qu'une idée : identifier l'assassin de Tyler. Ce besoin finit par devenir une idée fixe. Il imagina un plan susceptible d'amener le coupable à se démasquer. Il savait que son projet était risqué et qu'il lui faudrait jouer serré, mais personne n'aurait pu le dissuader de le mettre à exécution.

Dans l'immédiat toutefois, les formalités qui assaillaient la famille Robins étaient légion. La plus pénible consistait sans doute en l'ouverture du testament de Tyler. La lecture des volontés du fondateur de la *Robins Cosmetics* devait avoir lieu dans les bureaux de Julian Shields, à Manhattan.

Evelyn, portant le deuil de son époux, était arrivée en compagnie du Dr John Forbes qui lui apportait tout le réconfort moral dont elle avait tant besoin. Marshall, James, Lewis, Libby et les jumelles, Candace et Cynthia, n'avaient pas tardé à les rejoindre.

Ce fut un moment grave et tendu. Grave, du fait des circonstances elles-mêmes ; tendu, en raison du caractère imprévisible du défunt. Chacun s'interrogeait en son for intérieur quant aux surprises que Tyler leur réservait encore.

De surprise, il n'y en eut pas. Tyler léguait par voie testamentaire sa propriété ainsi que sa société en sept parts égales à sa femme et à ses six enfants.

La mort l'avait frappé avant qu'il n'ait pu fixer son choix quant à celui de ses enfants qui lui succéderait à la tête de la *Robins Cosmetics.* C'était donc Evelyn qui était chargée d'assurer, pendant un an, la gestion de l'entreprise avec l'aide de tous leurs enfants. Au terme de cette année, le conseil d'administration devrait se réunir et élire le nouveau président.

Evelyn fut quelque peu décontenancée par la décision de Tyler, mais elle releva bien vite la tête, désireuse de montrer qu'elle serait à la hauteur de ses responsabilités nouvelles. Si l'un des enfants fut déçu de n'avoir pas été jugé digne de reprendre les rênes du pouvoir, il n'en laissa rien paraître. Marshall était vraisemblablement le plus soulagé de tous ; son père ne l'avait pas déshérité ainsi qu'il l'en avait menacé. Tout le monde se garda bien de relever ce détail.

Une cérémonie fut organisée quelques jours plus tard à la mémoire du défunt. George Pittman, le mari de Libby, organisa tout. Il réalisa les plans d'un gigantesque monument en marbre en l'honneur de son beau-père et ordonna sa construction. Le jour du service, le monument fut inauguré sur la concession que les Robins possédaient dans un petit cimetière de la vallée de Green Spring, à proximité de Greenlawn, la propriété familiale. Les amis de Tyler, ses relations d'affaires et ses anciens collaborateurs vinrent leur rendre un dernier hommage. D'aucuns se retrouvèrent par la suite à Greenlawn.

En dépit de l'agitation des semaines passées, James n'avait pas oublié sa résolution de démasquer l'assassin de son père. Il avait même mis au point les détails d'un plan qui lui paraissait être la simplicité même. Celui-ci exigeait la présence de tous les passagers du *Falconer*, du capitaine Sheffield, du steward Percival, du cuisinier du yacht Arturo — ces derniers ayant eu une altercation avec son père peu de temps avant sa mort — et des deux hommes d'équipage qui avaient ouvert la porte de la cabine dans laquelle il avait été assassiné.

Toutes les personnes ayant participé à la croisière étant présentes à Greenlawn, James jugea le moment opportun et décida de passer aux actes. Il tint à merveille son rôle de fils de la maison mais, à chaque fois qu'il rencontrait l'un des « suspects », il l'invitait à le rejoindre en fin d'après-midi dans la bibliothèque paternelle. Il désirait, prétendait-il, dire quelques mots à la mémoire de son père.

La bibliothèque des Robins était une pièce aussi vaste qu'une cathédrale. Du plancher au plafond, des livres protégés dans des armoires vitrées couvraient trois côtés de la pièce. Entre les deux fenêtres qui s'ouvraient dans le quatrième mur, il y avait une autre armoire vitrée — un râtelier — abritant la collection d'armes de Tyler : des revolvers, des carabines, des fusils de chasse et d'anciens mousquets. De nombreux tableaux représentant des scènes de chasse étaient suspendus au mur. Le sol de la bibliothèque était entièrement recouvert d'un épais tapis. Le centre de la pièce était occupé par une immense table ronde en chêne massif et des fauteuils recouverts de cuir. D'autres fauteuils se trouvaient près des bibliothèques. Un lustre en cristal surplombait la table. Tyler Robins avait fait aménager cette pièce afin qu'elle puisse également servir de salle de conférences lorsqu'il tenait des réunions de travail à Greenlawn.

Le moment venu, James s'éclipsa de la réception et alla s'isoler un moment dans la bibliothèque. Il savait qu'il était encore un peu tôt, mais il bouillait d'impatience. Dans moins d'une heure, il connaîtrait dans cette pièce même l'identité du meurtrier de son père. James avait mis sa mère, Evelyn, dans la confidence, ainsi que

Julian Shields, le fidèle avocat de la famille. Tous deux avaient essayé de le dissuader de mettre son projet à exécution, le jugeant insensé et dangereux. James n'avait rien voulu entendre. Il prendrait ses responsabilités et irait jusqu'au bout.

Trois autres personnes étaient au courant du projet de James : Alfred et Dorina (dont la complicité lui était indispensable) et B. J. Grieg, le détective privé, chargé de l'enquête. Ce dernier avait également marqué sa désapprobation et James lui avait demandé si cela le gênait qu'un autre fasse son travail. Grieg s'était contenté de hausser les épaules et n'avait pas insisté.

James fut tiré de sa rêverie par l'arrivée de ses premiers « invités ». Il accueillit chacun avec une jovialité qui contrastait avec la gravité de la journée. Il demanda à Alfred de prendre les commandes de boissons et laissa tout le monde discuter de choses et d'autres. Il ne voulait pas qu'ils devinent le véritable motif de cette réunion.

Dès qu'Alfred eut fait le service, James pria ses invités de prendre place autour de la table. Lui se tenait les mains posées sur le dossier de la chaise qu'il avait délibérément choisie, dos à la fenêtre. La nuit était tombée et seul le lustre éclairait la pièce. James observa ceux qui s'installaient : l'un d'entre eux avait tué son père.

« Je vous remercie tous de votre présence à mes côtés », commença-t-il. « Ainsi que je vous l'ai dit, je voudrais parler un peu avec vous de mon père. »

Il marqua une pause, un léger sourire se dessina sur ses lèvres, alors que son regard allait de l'un à l'autre. Il s'éloigna ensuite de la table et se dirigea vers le râtelier d'armes. Il l'ouvrit et saisit un petit automatique. Il fit alors face aux autres en disant : « C'est ici que mon père conservait sa collection d'armes. Il en était très fier. Elles devaient toujours être bien huilées, nettoyées, chargées. J'ai eu l'occasion ces derniers jours de vérifier l'excellence de leur état. »

Il repoussa la porte vitrée et revint vers la table, le revolver à la main. Il s'assit et déposa l'arme devant lui. Le moindre de ses mouvements était parfaitement prémédité. On sentait un certain malaise s'installer parmi les invités.

Le léger sourire réapparut sur ses lèvres.

« Je vous ai dit que je désirais m'entretenir avec vous de mon père. En fait, ce n'est pas exactement de lui que je veux parler, mais plutôt de son assassin. »

James observa l'effet produit par ses paroles. On s'agitait autour de la table ; des regards s'échangeaient ; il y avait des points d'interrogation dans les yeux et sur les lèvres de la plupart des personnes présentes. James savourait l'instant. Il regarda un à un le visage de ceux qui l'entouraient.

Sa mère, Evelyn, se trouvait à ses côtés ; l'inquiétude se lisait dans ses yeux. Julian Shields, qui avait avancé un fauteuil et s'était installé derrière elle, posa sa main sur son bras sans pour autant perdre James de vue. Il y avait aussi le Dr John Forbes et les jumelles Cynthia et Candace. Phillip Wingate et sa sœur, Ava, étaient derrière elles. Venaient ensuite Marshall, Janice Elgar et Paméla Robins — que Marshall s'entêtait à ignorer — Paul Bryce et le capitaine Sheffield. Les deux marins, Arturo le cuisinier et Percival le steward, étaient assis derrière le capitaine. Le détective privé, B. J. Grieg, était également présent. Il mâchonnait son cigare dans un fauteuil près d'une des bibliothèques comme s'il avait voulu se tenir à l'écart de cette confrontation qu'il désapprouvait. James n'avait pas jugé utile d'inviter son autre frère Lewis, ni sa sœur Libby qui n'avaient pas pris part à la croisière.

James laissait le suspense planer, la tension s'installer. Dans un instant, il annoncerait qu'il connaissait l'identité de l'assassin de son père et qu'il allait divulguer son nom.

Aussitôt, Alfred appuyerait sur un bouton situé sous la table qui déclencherait une sonnerie dans la cuisine avertissant Dorina que le moment était venu de couper l'électricité dans la bibliothèque. Le revolver que James avait pris dans le râtelier et qui reposait à présent devant lui sur la table était en réalité chargé à blanc. James supposait que le coupable, s'imaginant sur le point d'être découvert, s'emparerait de l'arme pour le tuer. C'est pour cette raison que James s'était installé dos à la fenêtre ; sa silhouette se détacherait ainsi nettement dans la pénombre et il offrirait une cible facile. Dès que le coup de feu retentirait, Alfred presserait à nouveau le bouton et Dorina rétablirait l'électricité dans la pièce. Le meurtrier de Tyler Robins serait alors surpris l'arme à la main et Grieg n'aurait plus qu'à le confier à la police.

James rompit enfin le silence : « Le meurtrier de mon père se trouve ici même. Dans cette pièce. Et, je connais son identité. J'ai en ma possession des preuves accablantes. A présent, je vais vous révéler son identité. »

James vit la main d'Alfred disparaître sous la table où il dut presser le bouton comme convenu car à ce moment précis la lumière s'éteignit dans la bibliothèque. L'obscurité s'installa aussitôt. Seul l'éclairage naturel de la nuit permettait de discerner la silhouette de James.

La confusion s'installa dans la pénombre. Plusieurs personnes poussèrent des cris ; on entendit çà et là des bruits de fauteuils renversés. James avait prévu cet affolement. Il se pencha en avant et posa l'extrémité de ses doigts près de la crosse de l'arme.

Tout d'abord, il ne se passa rien. Puis un frisson de plaisir le secoua : il sentit que quelqu'un s'emparait avec maintes précautions du revolver.

Un moment s'écoula qui sembla durer une éternité. Ensuite, le coup de feu claqua. La panique s'empara de l'assistance, les cris redoublèrent et soudain la lumière revint, aveuglante dans son éclat. Avec la lumière, le silence revint aussi ; un silence glacé, un silence de mort.

James était affaissé dans son fauteuil. Un trou sanglant béait au milieu de son front.

B. J. Grieg qui était resté impassible dans son coin se dressa d'un bond. Le Dr John Forbes se précipita vers James. Il tâta son pouls puis se releva et hocha tristement la tête.

Un cri étouffé s'échappa de la gorge d'Evelyn : « James ! Il est... mort ? »

Elle n'attendait pas vraiment de réponse à sa question. Nul n'eut d'ailleurs l'occasion de lui confirmer sa triste constatation. Paul Bryce tira tout le monde de son effroi en s'exclamant : « Regardez ! » Son doigt pointait vers Alfred. « C'est le maître d'hôtel qui l'a tué. »

Tous les regards se détournèrent de James pour se concentrer sur Alfred Wales. Celui-ci debout entre deux chaises tenait par le canon le revolver qui se trouvait quelques instants plus tôt devant la victime.

« Non, non ! Vous vous trompez ! » protesta Alfred. « Je n'ai tué personne. Ce n'est pas moi qui ai tiré. Je vous jure, je... »

Bryce ne l'entendait pas de cette oreille. « Il a encore l'arme à la main. C'est lui l'assassin, cela paraît évident. »

Le maître d'hôtel regardait les autres, stupéfait. « Vous vous trompez. Quelqu'un a profité de l'obscurité pour pousser l'arme vers moi. J'ai cru que c'était M. James. Je l'ai prise. C'est vrai que je l'ai en main mais je n'ai pas tiré. Le coup est parti d'une autre arme, vous devez me croire. »

A ce moment plusieurs personnes se dirigèrent vers la porte.

« Arrêtez », ordonna Julian Shields. « Personne ne doit quitter cette pièce. » Shields fit un signe d'autorité à Grieg : « M. Grieg, gardez la porte voulez-vous. »

Grieg se précipita vers la porte et s'y adossa.

Shields avait la situation en main. « Marshall, appelle

la police. Raconte-leur ce qui s'est passé et demande-leur de venir immédiatement. »

Marshall se dirigea rapidement vers le téléphone posé sur une petite table près de la fenêtre. Il avait de la peine à détacher son regard du corps sanglant de son frère.

L'avocat continua son tour d'horizon. Contournant la table, il s'approcha d'Alfred. « Voyons un peu de quoi il retourne. S'il s'agit du revolver que James a posé devant lui sur la table, il nous faut chercher ailleurs l'arme du crime. Celui-là était chargé à blanc. Alfred, allez porter ce revolver à M. Grieg afin qu'il l'examine. »

Le maître d'hôtel ne se fit pas prier pour traverser la vaste pièce et aller donner l'arme au détective. Grieg en ouvrit calmement le magasin, l'inspecta et porta le canon à son nez. « Personne n'a tiré avec cette arme. En outre l'unique cartouche qu'elle contient est parfaitement inoffensive. »

Marshall venait de raccrocher le combiné et annonça : « La police est en route. Nous ne devons toucher à rien jusqu'à leur arrivée. »

« Je suggère que nous reprenions tous nos places et que nous conservions notre calme », conclut Julian Shields.

Il revint près d'Evelyn auprès de laquelle s'était porté le Dr John Forbes qui le rassura sur l'état de la malheureuse. On redressa les fauteuils renversés et chacun — à l'exception de Grieg qui demeura près de la porte — retourna s'asseoir autour de la table. C'est à ce moment qu'ils constatèrent qu'il manquait quelqu'un. La chaise du steward, Percival, était vide. Il n'était plus dans la bibliothèque.

« Il a sans doute profité de la confusion pour s'éclipser », commenta Shields.

Grieg coupa court à ceux qui proposaient de se lancer à sa recherche : « Il doit être loin à l'heure actuelle. La police saura bien le retrouver. »

Le silence s'installa dans la pièce, plus oppressant que

jamais. Seuls les pleurs d'Evelyn le troublaient. Les policiers arrivèrent et Grieg s'écarta pour leur céder le passage.

Il y avait trois officiers de police, dont deux en uniforme ; le troisième était un colosse en civil : le sergent Horgan de la brigade des homicides. C'est lui qui était chargé de l'enquête.

L'avocat, Julian Shields, le mit au fait des événements. Horgan n'eut pas à s'approcher de James pour savoir qu'il était mort. Il secoua la tête en écoutant Shields lui expliquer le plan de James. Il téléphona ensuite au quartier général pour ordonner qu'on lance un mandat d'amener à l'encontre de Percival et demander qu'on lui envoie des renforts. Grieg lui fournit une description précise du steward.

Le sergent ordonna ensuite à l'un des deux hommes en uniforme de fouiller toutes les personnes présentes et de trouver l'arme du crime. L'autre fut chargé de fouiller la maison et de se renseigner afin de savoir si quelqu'un avait aperçu Percival s'enfuir.

Le sergent, de son côté, fouilla la pièce tout en s'entretenant avec le détective Grieg. Il examina les bibliothèques et le râtelier d'armes. Il constata ainsi qu'il manquait un second revolver. Il s'accroupit finalement et disparut sous la table. On l'entendit bientôt s'exclamer d'un ton triomphant : « Tiens, tiens. Voilà qui est intéressant ! »

Il émergea bientôt de sous la table et regarda un à un ceux qui l'entouraient. « Je suppose que votre fouille n'a rien donné. »

Le policier en uniforme opina de la tête. Horgan dirigea le faisceau d'une lampe torche sous la table. La plupart des personnes présentes s'inclinèrent pour découvrir un petit automatique noir reposant sur l'épais tapis, presque à l'endroit qui correspondait au centre de la table.

« Je crois que nous tenons l'arme du crime, mais que

personne n'y touche en attendant l'arrivée des gens du labo. »

Le second policier revint sur ces entrefaites. Personne n'avait vu Percival quitter la maison.

Quelques instants plus tard, les renforts demandés par le sergent Horgan arrivèrent ainsi qu'un médecin légiste et l'équipe du laboratoire de la police qui relèverait toutes traces et empreintes susceptibles d'être analysées ultérieurement.

Il s'avéra que l'arme trouvée sous la table était bien celle qui avait servi pour tuer James. Comme on pouvait s'y attendre, toute empreinte en avait soigneusement été effacée. N'importe quelle personne présente dans la bibliothèque aurait donc eu la possibilité de s'en servir.

L'interrogatoire mené par le sergent Horgan fit apparaître que la période d'obscurité ayant précédé le coup de feu avait été assez longue pour permettre à l'assassin de se rendre au râtelier et d'en extraire l'automatique.

Le photographe pria toutes les personnes présentes de reprendre la place qu'elles occupaient au moment du coup de feu et il prit des dizaines de clichés de la scène et de James.

D'autres policiers fouillèrent la maison de fond en comble à la recherche du steward qui paraissait s'être évanoui dans la nature.

Horgan consacra les heures qui suivirent à recueillir les déclarations de toutes les personnes présentes dans la pièce au moment du coup de feu. Dorina, la femme d'Alfred, fut également appelée à témoigner sur le rôle qu'elle avait joué dans cette histoire. Elle se trouvait à l'étage dans les appartements qu'elle occupait avec son mari lorsque la police la pria de rejoindre les autres.

Elle portait une robe d'intérieur et expliqua qu'elle se lavait les cheveux lorsqu'on était venu la chercher. La scène qu'elle découvrit dans la bibliothèque la bouleversa. Elle affirma qu'elle ignorait tout des événements récents. Elle s'était contentée d'éteindre la lumière, au signal de son mari et de la rallumer ensuite, ainsi que M. James lui en avait donné l'instruction. Elle déclara, en outre, ne pas avoir vu non plus le steward. Peut-être avait-il tenté de fuir par l'arrière ; en ce cas il aurait dû traverser la cuisine, mais elle était remontée dans ses appartements immédiatement après avoir rallumé la lumière.

Le jour se levait lorsque la police termina son travail à la propriété et emmena la dépouille du malheureux James.

*
* *

Le matin même, le jardinier des Robins découvrit un corps qui flottait dans la piscine.

On appela à nouveau la police. A son arrivée, le sergent Horgan ordonna qu'on repêche le cadavre qui s'avéra être celui de Percival. On ne releva pas de trace de violence suspecte sur lui et la police ne put émettre qu'une supposition : le steward était tombé dans la piscine en essayant de fuir la scène du meurtre et s'était noyé. L'hypothèse de l'accident semblait plausible.

2

Les corps de James et de Percival furent autopsiés. En attendant les conclusions du laboratoire, la police mena une enquête approfondie sur toutes les personnes présentes dans la bibliothèque le soir tragique. Elle obtint en outre l'autorisation de perquisitionner la chambre de James et saisit ses affaires personnelles.

Au cours de cette perquisition, le sergent Horgan découvrit une curieuse lettre dissimulée dans le fond d'une malle que James avait amenée de Paris. Aucun cachet de la poste ne figurait sur l'enveloppe ; seul était mentionné le nom de son destinataire : James Robins.

La lettre, écrite sur une feuille de papier blanc, était dactylographiée :

Vous vous croyez malin. Vous vous imaginez que personne ne sait ce que vous préparez. Vous avez tort. Moi, je sais. Abandonnez votre projet. Vous ne m'aurez pas. J'ai trop à perdre dans cette affaire. Croyez-moi, je n'hésiterai pas à vous tuer. Vous voilà prévenu.

L'absence de cachet indiquait que la lettre avait dû être déposée à un endroit où James ne manquerait pas de la voir. Peut-être même l'avait-il reçue à Paris ? Il semblait toutefois plus probable qu'elle lui avait été « remise » à Greenlawn.

Le sergent Horgan interrogea tous ceux à qui James aurait pu parler de cette lettre mais tous nièrent en avoir eu connaissance.

La femme de James, Geneviève, secoua la tête et dit : « Non, non, il ne m'en a jamais parlé. Ni à Paris ni ici. » Elle ignorait en outre qu'elle fut cachée dans la malle.

Evelyn était atterrée. « Il m'avait parlé de son plan, comme à d'autres d'ailleurs. Mais jamais il n'a fait allusion à ce message. S'il m'en avait parlé, je ne lui aurais pas permis de se livrer à cette mascarade. »

B. J. Grieg abonda dans son sens. « Tous ceux qui étaient au courant de son projet ont essayé de le dissuader de le mettre à exécution. Il est certain que, si nous avions eu vent de cette lettre, nous n'aurions eu de cesse qu'il abandonne son idée insensée. Je pense que c'est pour cette raison qu'il a dissimulé ce message. »

« Je comprends », opina Horgan. Il ajouta gravement : « L'auteur de cette lettre est sûrement l'assassin de Tyler Robins et il avait découvert ce que James préparait. Le drame, c'est qu'il ignorait que James bluffait. »

Le sergent envoya la lettre au laboratoire sans grande conviction. Qu'une indication quelconque sur l'identité du meurtrier puisse en sortir aurait tenu du miracle.

Lorsque Julian Shields et Evelyn se retrouvèrent seuls, l'avocat dit, songeur : « Il y a une phrase dans cette lettre qui m'a frappé : " j'ai bien trop à perdre dans cette affaire ". Nous seuls avons connaissance de l'enregistrement réalisé par Tyler de sa conversation avec Paul Bryce. Il me semble que Bryce aurait pu écrire ces mots. »

« Je le suppose », répondit Evelyn soucieuse. « Mais ne croyez-vous pas qu'un assassin — quel qu'il soit — a toujours trop à perdre ? Et dès l'instant où il se croit sur le point d'être démasqué... »

« Vous avez sans doute raison », convint Julian. « Pourtant... », il n'ajouta rien de plus, laissant son allusion en suspens.

Quelques jours plus tard, le sergent Horgan voulut procéder à la reconstitution de l'assassinat de James. Il convoqua chacun à Greenlawn. Tout le monde était installé dans la bibliothèque lorsque le policier arriva. Il leur demanda sans perdre de temps de reprendre la place qu'ils occupaient le soir du meurtre.

A l'exception des deux morts, il ne manquait personne : Evelyn, Julian Shields, le Dr John Forbes, Cynthia, Candace, Phillip Wingate et sa sœur Ava, Marshall et sa femme Paméla, Janice Elgar, Paul Bryce, le capitaine Ian Sheffield, le cuisinier du yacht Arturo, et Alfred. Le sergent Horgan prit la place de James tandis que Grieg s'était installé à l'écart. Lewis Robins qui n'était présent ni sur le yacht, ni dans la bibliothèque observait la reconstitution debout dans l'encadrement de la porte.

L'atmosphère était tendue ; tout le monde était là à contrecœur. La sœur de Wingate, Ava, ne put supporter cette épreuve. A peine assise, elle se releva tremblante pour annoncer d'une voix hésitante : « Je... je... suis désolée. Je... je crois que je vais m'évanouir. Je vous en prie. »

Elle promenait des yeux implorants sur chacun des membres de l'assistance. Ce fut Lewis Robins qui se porta à son secours.

« Voyons sergent, je suis convaincu que vous épargnerez cette épreuve à Mlle Wingate. D'autant qu'elle ne peut être suspectée d'avoir tué mon père, elle ne participait pas à la croisière. »

La jeune fille lui jeta un regard reconnaissant et Lewis, souriant, s'avança jusqu'à elle.

« C'est exact, Mlle Wingate ne peut être considérée comme suspecte », reconnut le sergent. « J'espérais simplement que les personnes présentes lors de la mort de votre frère se remémoreraient avec précision ce qu'elles ont vu ou entendu lorsque la lumière s'est éteinte et que le coup de feu a claqué. »

« Je vous comprends parfaitement », continua Lewis d'un ton brusque. « Mais vous vous rendez bien compte que cette jeune fille n'est pas en état de revivre cela. Je crois que vous pouvez faire une exception pour elle. »

« Très bien, très bien », concéda Horgan. « Mlle Wingate, vous êtes excusée. » Il fit un signe au policier qui gardait l'entrée de la pièce afin qu'il les laisse passer.

Lewis offrit son bras à la jeune femme et l'aida à quitter la pièce.

La reconstitution se poursuivit. Chacun essaya de se souvenir de tous les détails de la soirée.

Evelyn fut la première à parler : « Au moment où la lumière s'est éteinte, j'ai entendu plusieurs personnes se déplacer autour de moi. Tout paraissait irréel. J'avais peur pour mon fils. Je ne saurais rien vous dire de précis, rien qui puisse vous aider. Je n'attendais qu'une chose : qu'on rebranche l'électricité. »

Julian Shields enchaîna : « James m'avait fait part de son plan. Je n'ai pas été surpris lorsque l'obscurité s'est installée, pas plus d'ailleurs que lorsque le coup de feu est parti. Je pensais que l'arme était chargée à blanc. Je n'ai donc pas cru bon de me montrer attentif. Je ne songeais qu'au moment où Dorina rebrancherait l'électricité et où je découvrirais le meurtrier l'arme à la main. »

Le détective Grieg, qui avait également connaissance du plan, fit sensiblement la même déclaration que Julian. Il en alla de même pour Alfred — à une nuance près : « Tenant l'arme chargée à blanc en main, je fus sidéré d'entendre un coup de feu. Sous l'effet du choc, je n'ai pas su réagir assez rapidement. Il m'a fallu quelques secondes pour rassembler mes esprits, ensuite seulement j'ai songé à presser le bouton pour prévenir ma femme qu'elle devait rebrancher l'électricité. »

Les autres déclarations étaient toutes aussi décevantes. Un seul point positif émergea de cette reconstitution : une explication possible quant à la manière dont le steward avait pu s'éclipser en passant inaperçu.

Lorsque la lumière était revenue dans la pièce, après le coup de feu, toute l'attention — y compris celle du détective privé — s'était portée sur le corps de James Robins. Percival avait donc eu le temps de quitter à loisir la bibliothèque sans se faire remarquer.

* *
*

Le lendemain de la reconstitution, la police découvrit un élément nouveau : le steward du *Falconer,* Percival, n'était pas un inconnu pour la justice. Il avait un casier judiciaire chargé. Il avait été arrêté à plusieurs reprises pour des agressions à main armée et était recherché dans le Mississippi pour homicide involontaire. Des « détails » qu'il avait omis de mentionner lors de son engagement sur le *Falconer.*

De l'avis de la police, ces données nouvelles permettaient d'expliquer la panique et la fuite du steward. Sachant que la police mènerait une enquête et fouillerait son passé, il avait dû craindre qu'on lui impute les deux assassinats. Même s'il avait été innocent, il aurait préféré disparaître sans avoir à rendre de comptes.

* *

Evelyn avait éprouvé des difficultés à accepter le drame de la mort de son fils, mais elle avait fini par surmonter sa douleur avec stoïcisme. Elle ne savait à qui exprimer ses sentiments et préférait se confier à son journal :

> Comme tout est devenu difficile. La police ne cesse de revenir et de poser des questions à tout le monde. Chacun maintenant soupçonne les autres. On ne sait plus que penser. Je savais que James était fou de se livrer à un tel jeu. Selon M. Grieg, la mort de Tyler et celle de James ne sont pas forcément liées. John Forbes a demandé à M. Grieg de préciser sa pensée. Le détective n'exclut pas la possibilité qu'une personne présente dans la bibliothèque et étrangère au meurtre de Tyler aurait pu craindre que James ne l'accuse. Elle aurait donc décidé de le faire taire. Cette personne devait bien évidemment avoir autre chose à se reprocher.

Un peu plus loin, elle écrivit encore :

> Bien que nous pleurions tous la mort de James, je réalise que je dois aussi subvenir aux besoins des vivants. Pas seulement à ceux de sa veuve, Geneviève, mais aussi à ceux de cette pauvre Carrie et de sa fille, Molly — qui est aussi la fille de James et ma petite-fille. Je me suis trouvée confrontée à une décision grave que j'étais seule à pouvoir prendre : fallait-il parler à Geneviève de Molly ? J'ignore si j'ai eu raison mais j'ai conclu que cette révélation ne ferait de bien à personne. J'ai donc préféré ne rien dire. J'ai toutefois pris des dispositions pour que Carrie et Molly ne manquent jamais de rien. Je suis certaine que c'est ce que James aurait souhaité. C'est en tout cas ce qu'il aurait fait s'il avait vécu. J'ai été profondément émue de la reconnaissance que m'ont témoignée Carrie et ses parents, Alfred et

58

Dorina, lorsque je les ai avertis des dispositions que je prenais. Je suis satisfaite de cette décision. Si la police pouvait terminer cette enquête et nous laisser en paix afin que nous puissions oublier ces drames affreux...

*
* *

Quelques jours plus tard, le laboratoire compléta les rapports d'autopsie concernant James et Percival. Ils confirmaient que la mort de Percival était due à la noyade et que James Robins était décédé des suites d'une blessure par balle à la tête.

Il y avait beaucoup de suspects dans cette affaire, mais pas la moindre preuve quant à l'identité du meurtrier. Il ressortait des déclarations que presque tout le monde était convaincu de la culpabilité de Percival, le steward. Il est d'ailleurs probable qu'il aurait été inculpé s'il ne s'était pas noyé. Il est tout aussi probable que le tribunal n'aurait pas pu confirmer l'inculpation par défaut de preuves. Quoi qu'il en soit, Percival n'était plus là pour témoigner et l'enquête du coroner se conclut donc par : « Le meurtre de James Robins a été commis par une ou plusieurs personnes non identifiées... »

*
* *

James fut enterré dans le cimetière où se dresse le monument élevé à la mémoire de son père. George Pittman fit construire la pierre tombale sous laquelle repose désormais le jeune homme.

CHAPITRE III

1

Cynthia Robins ignora les avertissements que son père lui avait adressés au sujet de Phillip Wingate dans la lettre inachevée. Elle aimait l'Anglais et elle décida de l'épouser.

Après la période de deuil, les jeunes gens se marièrent dans la propriété de Phillip située dans les Meadlands en Angleterre. Tous les membres de la famille Robins étaient présents. Candace était la demoiselle d'honneur ; Marshall, en tant que fils aîné, conduisit sa sœur à l'autel et Phillip demanda à Lewis Robins d'être son garçon d'honneur. Lewis et Wingate avaient sympathisé dès leur première rencontre, lors du service mémorial donné pour Tyler, le jour de l'assassinat de James. Lewis s'était en outre épris de la sœur de Phillip, Ava, pendant les quelques jours qu'ils avaient passés ensemble dans le Maryland.

Cynthia avait appris que le fameux Orient-Express, ce train de légende, avait repris du service et traversait la France, la Suisse et l'Italie jusqu'à Venise. De nombreuses personnes nanties choisissaient ce voyage comme but de vacances.

Cela donna une idée originale à Cynthia pour son

voyage de noces. Elle invita les membres de sa famille ainsi qu'Ava, la sœur de Phillip, à les accompagner pour ce périple insolite jusqu'à la cité des Doges. Les jeunes époux poursuivraient ensuite leur voyage.

Libby et George Pittman furent les seuls à décliner l'invitation; des affaires urgentes les rappelaient dans le New Jersey. Les autres acceptèrent; c'est-à-dire : Evelyn, Marshall, Candace, Lewis et Ava. Le Dr John Forbes et Julian Shields avaient également été invités et acceptèrent, eux aussi, la proposition de Cynthia.

Le groupe prit le train désormais baptisé « Venise-Simplon-Orient-Express » à Victoria Station, à Londres. Chacun se rendit aussitôt au restaurant Cygnus où ils sablèrent le champagne en l'honneur des jeunes mariés. Ils déjeunèrent ensuite en traversant la campagne verdoyante du Kent.

A Folkestone, le groupe embarqua sur un bateau de la compagnie Sealink pour une traversée rapide de quatre-vingt-dix minutes jusqu'à Boulogne-sur-Mer. Ils passèrent au bureau des douanes en arrivant sur le sol français, puis se séparèrent pour prendre possession de leurs compartiments respectifs.

Après avoir installé leurs affaires personnelles dans ces compartiments dont, au passage, ils apprécièrent le confort, tous les participants à cette joyeuse escapade se retrouvèrent au bar-salon, mis en appétit par la traversée.

Les nouveaux mariés, Cynthia et Phillip, partageaient leur table avec Ava et Lewis. Marshall et sa sœur, Candace, occupaient la table voisine. Evelyn, Julian Shields et John Forbes s'installaient de l'autre côté de l'allée centrale.

Chacun avait remarqué que le Dr John Forbes paraissait mal à l'aise entre Evelyn et Julian, qui ne s'étaient pas quittés depuis le début du voyage.

Evelyn s'efforçait de se montrer chaleureuse et enjouée pendant qu'ils dégustaient leur champagne, mais elle ne parvenait pas à dérider le médecin. L'Orient-Express traversa la Seine et entra en gare d'Austerlitz à Paris. C'est alors qu'Evelyn, qui regardait par la fenêtre, poussa un petit cri. Elle observait d'un œil distrait le chargement des bagages et l'arrivée des nouveaux passagers lorsque son regard avait été attiré par une énorme caisse en bois, ressemblant à un cercueil que des employés chargeaient dans le fourgon à bagages. A peine était-elle remise de son émotion qu'elle eut droit à une autre surprise. Sur le quai, elle aperçut une silhouette furtive qui se dirigeait vers l'une des voitures.

« Mais c'est Paul Bryce ! » s'exclama-t-elle. « Que fait-il ici ? »

« Paul Bryce ? » interrogea Julian. « En êtes-vous sûre ? »

Evelyn opina de la tête. « Oui ! Ou du moins, je le crois. Allez voir ! Dépêchez-vous ! Je pense qu'il est monté dans la quatrième voiture en tête. »

John Forbes sourcilla. « Paul Bryce ? Que ferait-il dans ce train. »

Julian était déjà debout. « Je suis certain que ce ne peut être Bryce ; mais si c'est lui, nous ne tarderons pas à le savoir. Attendez-moi ici. »

John se leva brusquement en disant : « Je vous accompagne. »

Au moment où les deux hommes quittaient la voiture, Candace, qui regardait elle aussi par la fenêtre, eut également droit à un choc et ce fut à son tour de s'exclamer : « Oh non, non ! »

Marshall qui était assis face à elle, fut surpris par le désarroi de sa sœur. « Que se passe-t-il, Candace ? » demanda-t-il.

« Cet homme qui vient de monter dans le train... C'est Steven Boland, un de mes ex-petits-amis de Londres. Je croyais qu'il était décidé à me laisser tranquille et voici qu'il réapparaît. Oh, Marshall, j'ai peur. »

Marshall posa sa main sur celle de Candace et lui

demanda d'un ton calme : « Pourquoi te fait-il si peur ? »

Candace hésita un moment avant de répondre. Elle se pencha finalement en avant et lui parla à voix basse afin que les autres ne l'entendent pas.

« Steven était comptable à notre bureau de Londres, c'est là que je l'ai rencontré. Nous sommes sortis ensemble pendant quelque temps mais je n'aimais pas ses manières possessives et je lui ai annoncé que je ne voulais plus le revoir. »

Elle marqua une pause, puis elle poursuivit en tremblant : « Il a quitté son emploi et j'ai cru que j'en étais débarrassée, que je ne le reverrais plus. C'est alors qu'il a commencé à m'adresser des lettres et des appels téléphoniques menaçants. Il affirmait que si je ne lui cédais pas, il m'arriverait malheur ! »

« Et tu n'en as parlé à personne », demanda Marshall. « N'as-tu pas essayé de l'empêcher de te persécuter ? »

Candace secoua la tête. « Au début, non. Je me disais qu'il finirait par se lasser et je ne voulais pas provoquer un scandale. J'ai découvert par la suite qu'il me suivait partout où j'allais. Cette constatation m'a tellement effrayée que j'ai fait appel à Père. Il a dit qu'il se chargerait de régler cette affaire. Je crois qu'il s'en est occupé puisque je n'ai plus jamais revu, ni entendu parler de Steven… jusqu'à aujourd'hui. Et voici qu'il prend le même train que moi. »

« C'est peut-être une simple coïncidence », hasarda son frère, se voulant rassurant.

« Oh non ! Il a probablement lu dans la presse mondaine que je participais à ce voyage et il est délibérément venu à Paris. Je suis convaincue qu'il me veut du mal. Il m'a dit un jour que s'il ne pouvait m'épouser, il me tuerait. »

« Rassure-toi, il n'en aura pas l'occasion », dit Marshall d'un ton ferme. « Père n'est peut-être plus là mais je veillerai sur toi ; je te le promets. A chaque fois que tu ne seras pas près de moi, je ne le quitterai pas des yeux. Il ne t'arrivera rien, ne t'inquiète pas. »

Le train quitta Paris et prit bientôt de la vitesse.

Cynthia, Phillip, Lewis et Ava paraissaient totalement étrangers à l'angoisse qui étreignait Candace et sa mère. Les discussions allaient bon train à leur table et leurs rires pétillaient comme le champagne qu'ils buvaient.

Evelyn avait vidé sa coupe et s'en resservait une autre au moment où Julian Shields et John Forbes revinrent.

« J'ai bien peur que nous ayons fait chou blanc », dit Julian. « Nous avons visité toutes les voitures et nous n'avons trouvé personne qui ressemble de près ou de loin à Paul Bryce. »

« Avez-vous inspecté tous les compartiments ? » s'inquiéta Evelyn.

« Non, ma chère », confessa Julian. « Non, certaines portes étaient fermées mais, si vous le désirez, nous pouvons retourner les forcer pour vérifier si notre homme n'est pas à l'intérieur. »

Evelyn fit un effort pour sourire, mais l'avocat se rendit bien compte que le cœur n'y était pas. Il lui caressa la main et ajouta : « S'il est derrière l'une de ces portes, il faudra bien qu'il en sorte à un moment quelconque. »

Evelyn n'était pas satisfaite mais elle n'insista pas. Elle était inquiète. Après avoir repris la direction de la *Robins Cosmectics*, elle avait eu une entrevue secrète avec Paul Bryce. Elle lui avait fait écouter l'enregistrement réalisé par Tyler au cours de la croisière sur le *Falconer*. Evelyn n'était pas décidée à pardonner l'incorrection de Bryce. Elle lui avait fait comprendre qu'il devrait payer les 5 millions de dollars réclamés par Tyler. Bryce savait que s'il n'acquittait pas sa dette, elle n'hésiterait pas à le traîner devant les tribunaux. Il accepta donc sa proposition mais lui demanda un délai d'un mois pour rassembler l'argent. Le délai expirerait dans dix jours, date à laquelle Evelyn comptait être de retour à New York. Elle était donc convaincue que Paul Bryce était bel et bien dans le train et qu'il nourrissait un quelconque projet à son égard.

Evelyn était plongée dans ses pensées lorsque Candace leva les yeux et saisit le bras de Marshall. Steven Boland venait d'entrer dans le bar-salon. Marshall suivit le regard de sa sœur et fut stupéfait par l'audace du jeune homme qui se dirigea directement vers leur table.

« Mlle Robins », dit Boland en s'inclinant devant elle, un sourire moqueur aux lèvres. « Quelle heureuse coïncidence de vous retrouver ici. Le monde est vraiment petit. »

Candace n'osa faire un geste mais Marshall se leva d'un bond : « Ecoutez-moi, mon vieux, je vous conseille de laisser ma sœur en paix. Elle ne veut plus entendre parler de vous. Vous comprenez ? Alors, montrez-vous intelligent. J'espère avoir été assez clair ? »

Boland plongea son regard froid dans celui de Marshall avant de lui répondre : « Ah oui, vous êtes Marshall, je suppose. Voilà qu'on joue les grands frères maintenant. Eh bien, Marshall Robins, écoutez-moi bien, vous aussi. Ce train est un lieu public. J'ai donc le droit d'y aller et venir à ma guise et j'entends le faire, que cela vous plaise ou non. Et tous vos dollars n'y pourront rien. »

« Je vous reconnais ce droit d'aller et venir, M. Boland », l'interrompit Marshall le regard aussi froid que celui de son interlocuteur. « Alors, vous êtes venu, maintenant faites-moi le plaisir de vous en aller. »

Boland afficha à nouveau son sourire narquois : « C'était exactement mon intention, M. Robins. » Il s'inclina à nouveau devant Candace, tourna les talons et alla s'installer seul à une table voisine. Steven Boland était un balourd d'une trentaine d'années aux cheveux blond-roux. Marshall comprenait parfaitement que sa sœur ne veuille plus avoir de contact avec cet énergumène ; ce qu'il comprenait moins bien, c'est qu'elle ait pu s'en enticher un jour.

A peine Marshall eut-il détourné son attention de Boland que celle-ci fut attirée par un couple à l'apparence insolite qui venait de pénétrer dans le bar-salon.

« Bon sang, mais je les connais ! » s'exclama John Forbes qui se précipita au-devant du vieil homme et de sa jeune compagne. Il leur parla un bref instant puis vint les présenter à ses amis.

L'homme, expliqua John Forbes, s'appelait Joachim ; c'était un magicien d'une rare virtuosité. La jeune femme, une ravissante Eurasienne prénommée Genet, était son assistante. John Forbes les avait vus se produire sur la scène d'un cabaret parisien un an auparavant et il avait été très impressionné par leur talent.

Le magicien était un homme âgé, pourvu d'une abondante toison de cheveux blancs. Ses grands yeux noirs étaient nichés au fond de profondes orbites. Son visage impassible semblait taillé dans de l'acajou. Il était muet de naissance, ce qui ajoutait un caractère encore plus mystérieux à ses prestations. Il communiquait par gestes avec son assistante, Genet, qui expliquait ensuite au public ce qu'il exprimait.

Lorsque John Forbes leur demanda ce qu'ils faisaient dans l'Orient-Express, les doigts de Joachim s'animèrent et Genet s'empressa de traduire sa réponse :

« Joachim dit que notre engagement à Paris vient de se terminer et que nous nous rendons à Naples pour prendre un peu de repos. »

A l'invitation de John Forbes, les deux étranges personnages s'installèrent à la table qu'il partageait avec Evelyn et Julian. Le docteur commanda du thé qu'ils dégustèrent en discutant du talent du magicien ; ensuite, Joachim et Genet retournèrent dans leurs compartiments.

Candace les regarda s'éloigner et soupira à l'oreille de

son frère : « Si seulement ce magicien pouvait faire disparaître Steven Boland... »

L'Orient-Express poursuivit sa route pendant toute la journée et le début de la soirée. Deux voyageuses étaient particulièrement angoissées : Candace et Evelyn.

Au cours de la soirée, Lewis quitta un instant Ava et Steven Boland en profita pour engager la conversation avec la jeune femme. Il s'empressa de quitter le bar-salon dès le retour de Lewis. Cynthia et Phillip s'étaient déjà retirés dans leur compartiment ; Evelyn, John Forbes et Julian Shields ne tardèrent pas à faire de même.

Marshall et Candace se joignirent alors à Lewis et à Ava pour prendre un dernier verre. Candace leur raconta son aventure avec Steven Boland.

Lorsqu'elle eut achevé son récit, Ava s'exclama : « Quel homme horrible ce doit être ! Je n'en avais vraiment pas la moindre idée quand je lui ai parlé. Nous nous sommes rencontrés il y a quelques mois chez un ami à Londres. Je ne l'aurais pas reconnu s'il ne m'avait rappelé cette soirée. Nous n'avions échangé que quelques propos anodins mais il est hors de question que je lui adresse à nouveau la parole. »

Peu de temps après, les jeunes gens se séparèrent. Marshall s'assura que sa sœur était en sécurité, enfermée dans son compartiment, avant de la quitter.

Cette nuit-là, Marshall éprouva bien des difficultés à trouver le sommeil. Son compartiment était des plus confortables mais il était incapable de chasser Boland de ses pensées. Il revoyait sans cesse le visage moqueur de l'Anglais. Un visage qui exprimait toute la méchanceté de ce détraqué. Il fut soulagé le lendemain matin — lorsque tout le monde se retrouva dans la voiture restaurant — de voir sa sœur, Candace, paraître fraîche et dispose. Marshall n'avait pas vraiment cru que Steven Boland aurait pu profiter de la nuit pour agresser sa sœur, mais lorsqu'il le vit installé à une autre table du

Pullman Continental, il éprouva un certain malaise. Il se jura à nouveau de ne pas perdre l'Anglais des yeux lorsque sa sœur ne serait pas à ses côtés.

Marshall constata avec satisfaction qu'il n'avait pas à se soucier de l'importun dans l'immédiat. Le jeune homme termina son petit déjeuner et quitta la voiture restaurant sans même un regard pour Candace.

Le train était à présent en Suisse et traversait les vignobles du Valais. Les membres du groupe étaient installés aux mêmes places que la veille.

Le petit déjeuner traîna en longueur. Seule la jeune mariée, Cynthia, s'absenta pour aller se rafraîchir dans son compartiment.

Un instant plus tard, Marshall quitta à son tour la voiture restaurant non sans avoir obtenu de Candace la promesse de ne pas s'éloigner des autres jusqu'à son retour.

Un certain laps de temps s'écoula avant que Phillip s'impatiente de l'absence de Cynthia. Evelyn le rassura en attribuant son retard à la coquetterie. Julian Shields qui avait envie de se dégourdir les jambes promit à Phillip de faire part de son impatience à sa jeune épouse. En les attendant, il invitait les autres — Evelyn, John Forbes, Candace, Phillip, Lewis et Ava — à se rendre au bar-salon.

Ils étaient à peine installés à leurs tables que Julian fit irruption dans le bar-salon, accompagné d'un contrôleur de l'Orient-Express.

Son visage était grave et défait. « J'ai peur qu'il se soit produit un terrible accident. Une tragédie. C'est Cynthia... »

« Cynthia ? » interrogea Phillip en bondissant. « Que lui est-il arrivé ? »

« Elle est... » Julian fut incapable de poursuivre ; il leva une main impuissante et la laissa retomber mollement.

« Je veux la voir », intervint le Dr John Forbes. Il se

leva et suivit Julian et le contrôleur. Les autres l'imitèrent.

La porte du compartiment de Cynthia et de Phillip était fermée. Le contrôleur l'ouvrit et Julian s'écarta pour permettre à John d'entrer. Les autres restèrent sur le seuil.

Le médecin cachait Cynthia à leurs regards. Ils distinguèrent cependant qu'elle était étendue sur la double-couchette toujours ouverte. John se retourna et dit doucement : « Elle est morte. »

« Morte ? » s'écria Phillip Wingate. « Je veux la voir. » Tout le monde prononçait les mêmes paroles autour de lui.

« Est-ce vraiment utile ? » demanda John Forbes. Les autres insistaient. Il soupira et les laissa passer.

Cynthia Robins Wingate gisait sur sa couchette, étendue sur le dos. Elle était vêtue. Ses yeux étaient ouverts et fixes. Il était difficile, à première vue, d'évaluer ce qui avait pu se passer ; l'électricité était coupée dans le compartiment et la lumière du jour avait momentanément disparu, le train roulant dans un tunnel.

Ils virent néanmoins qu'un fil d'acier était enroulé d'une curieuse et atroce façon autour de la partie inférieure de son visage — juste en dessous du menton — et du bas de sa nuque. (La police supposerait par la suite qu'elle avait dû rejeter la tête de haut en bas et d'avant en arrière alors que son agresseur essayait de l'étrangler ; ceci expliquant le travail maladroit de l'assassin.) Le tueur avait toutefois eu assez de chance pour que le fil d'acier entame cruellement la partie supérieure de la gorge.

« Elle a été étranglée », commenta John Forbes. Il savait que sa remarque était inutile mais il éprouvait le besoin irrépressible de dire quelque chose et il n'avait rien trouvé d'autre.

Il fallut emmener Evelyn et Phillip. Tout le monde

était en état de choc. Marshall blêmit lorsqu'on lui annonça la nouvelle dans son compartiment.

Le contrôleur de l'Orient-Express avait déjà prévenu le chef de train qui fit poser les scellés sur la porte du compartiment dans lequel le meurtre avait été commis. Il mit, en outre, un homme en faction devant la porte.

Il était impossible de déterminer avec précision le moment du décès de Cynthia ; qui plus est, le train avait franchi la frontière italienne entre le moment où elle avait quitté le Continental et celui où son corps avait été retrouvé. Il n'était donc pas possible de décider quel pays aurait juridiction pour l'enquête. De ce fait, le chef du train décida que l'Orient-Express continuerait sa route sans s'arrêter jusqu'à sa destination finale, Venise.

A la demande de Julian Shields, le chef de train visita les voitures afin d'interroger tous les passagers. Aucun d'eux ne fit de déclaration ou du moins ne voulut en faire. Julian l'accompagnait et c'est ainsi qu'il découvrit un fait intéressant : Evelyn avait raison, Paul Bryce était bel et bien à bord du train.

Bryce reconnut qu'il avait appris par la presse qu'Evelyn participerait à ce voyage et que c'était pour cette raison qu'il avait réservé une place dans l'Orient-Express. S'il n'avait pas quitté son compartiment c'était, affirmait-il, pour ne pas déranger les Robins. Son intention était de faire connaître sa présence lors du voyage de retour. Il désirait alors obtenir une entrevue avec Evelyn.

Julian et Paul Bryce revinrent ensemble au bar-salon où presque tous les autres participants étaient réunis. Candace était la seule absente ; elle s'était retirée en expliquant qu'elle désirait être seule. La mort de sa jumelle l'avait profondément bouleversée. Marshall ne l'avait pas accompagnée ; Steven Boland étant dans la voiture bar où il pouvait le tenir à l'œil. Paul Bryce quant à lui regagna son compartiment rapidement.

Le magicien, Joachim, et son assistante Genet, ayant

appris la nouvelle de la mort de Cynthia, firent une brève apparition au bar-salon pour présenter leurs condoléances à la famille Robins.

Evelyn, qui avait connaissance de la lettre d'avertissement de Tyler relative à la moralité de Phillip Wingate, suspecta un instant son beau-fils d'avoir tué sa femme. Ce geste faisait de lui l'héritier de sa fortune. Elle chassa bien vite cette affreuse idée de son esprit. Phillip et Ava n'avaient pas quitté les autres en l'absence de Cynthia.

Lorsqu'elle vit le désarroi de Phillip, Evelyn s'adressa des reproches pour l'avoir si mal jugé. Le jeune homme était à ce point bouleversé que sa sœur dut aller dans son compartiment chercher des comprimés pour le calmer. Elle revint au moment où l'Orient-Express approchait de sa destination finale, sinuant vers l'est sur la voie qui franchissait le canal séparant Venise de la péninsule italienne.

Marshall remarqua qu'ils arriveraient bientôt en gare de Santa Lucia et ne voyant pas revenir sa sœur, il annonça qu'il partait à sa recherche.

Il n'était pas parti depuis très longtemps lorsqu'il revint en proie à une vive agitation. Candace n'était plus dans son compartiment. Il se tourna aussitôt vers Steven Boland et demanda à la cantonade : « Est-il resté ici durant mon absence, toute mon absence ? »

Les autres lui assurèrent que le jeune homme n'avait pas quitté sa place. Marshall hocha alors la tête et se contenta de dire : « Où est-elle ? Nous devons fouiller le train. »

Les autres souscrirent à sa proposition. Ils partirent avec précipitation à la recherche du chef de train pour lui demander d'arrêter le convoi alors qu'il était encore à quelque distance de la gare. Personne ainsi ne pourrait descendre.

Le chef de train ouvrit la marche et tous les compartiments furent à nouveau fouillés. On ne trouva pas la moindre trace de Candace : elle s'était évanouie.

Evelyn se remémora alors un détail qui l'avait frappée lors de l'embarquement des passagers et des bagages à la gare d'Austerlitz à Paris.

« Il y a une énorme caisse en bois dans le fourgon à bagages », dit-elle le souffle court. « Je les ai vus la charger à Paris. Elle est assez grande pour contenir un corps ! Il faut vérifier ce point. Dépêchez-vous ! »

Le groupe se précipita donc vers le fourgon à bagages. Ainsi qu'Evelyn l'avait annoncé, il y avait là une grande caisse en bois. Le chef du train l'examina un instant. Elle avait été expédiée de Paris à destination de Venise. Le nom sur l'étiquette annonçait : « Peterson — Gare Santa Lucia, Venise. »

« Eh bien, ouvrez-la mon vieux ! » ordonna Julian avec impatience.

L'homme hésita, puis saisit en soupirant un pied-de-biche et fit sauter le couvercle de la caisse. Tout le monde se pressa pour regarder à l'intérieur qui était... vide.

La caisse n'en était pas moins étrange ; à quelques centimètres du fond, des trous couraient sur tout son pourtour comme si on avait voulu assurer une aération à un éventuel contenu. Nul n'était dissimulé dans la caisse mais rien n'interdisait de penser qu'elle avait été conçue dans cette intention.

Le train reprit sa route et quelques minutes plus tard s'immobilisa en gare de Venise.

La police investit aussitôt les lieux ; ayant été prévenue de la mort de Cynthia et de la disparition de Candace, elle retint tous les passagers pour les interroger, ce qui dura des heures.

Les déclarations recueillies n'apportèrent aucun élément nouveau quant à la mort ou à la disparition des filles Robins.

Les participants au triste voyage de noces traînaient depuis plusieurs jours déjà leur désarroi dans les rues de Venise et la police n'avait toujours rien découvert de nouveau. Il devint bientôt évident que les mystères de l'Orient-Express ne seraient pas résolus de sitôt. Tout le monde décida donc de regagner Londres.

Dès leur arrivée dans la capitale britannique, et en attendant de recevoir des nouvelles des autorités véni-tiennes, ils se séparèrent. Evelyn s'installa dans l'appar-tement que la *Robins Cosmetics* mettait à la disposition des membres de la famille de passage à Londres. John Forbes et Julian Shields descendirent à l'hôtel. Marshall et Lewis partagèrent le studio des jumelles, Candace et Cynthia. Phillip Wingate vécut dans son studio londo-nien et Ava rentra dans les Meadlands. Paul Bryce avait pris l'avion à Venise à destination des Etats-Unis. Evelyn ne lui avait pas accordé l'entretien qu'il sollici-tait, jugeant le moment particulièrement inopportun. Elle s'était contentée de lui signifier son refus de revenir sur les accords qu'ils avaient pris concernant le règle-ment de cinq millions de dollars à l'ordre de la *Robins Cosmetics*.

Julian Shields, toujours efficace, demeura en contact téléphonique avec la police vénitienne. Au bout de deux semaines, la seule information que celle-ci put lui fournir fut que personne n'était venu réclamer la fameuse caisse en bois.

Evelyn, John Forbes et Julian Shields passaient le plus clair de leur temps ensemble. Ils s'attardaient à Londres dans l'espoir d'apprendre que la police de Venise avait du nouveau concernant le meurtre de Cynthia ou la disparition de Candace — en ce cas, ils étaient décidés à retourner dans la cité des Doges.

Lewis demeurait à Londres où il rencontrait souvent Ava. Il était désormais très épris de la jeune femme avec qui il passait presque toutes ses journées et ses soirées, le plus souvent en compagnie de Phillip, d'Evelyn, de John et de Julian.

Marshall était le seul à faire bande à part. Il avait une raison précise de prolonger son séjour londonien. Il était convaincu que Steven Boland était d'une manière ou d'une autre lié à la disparition de Candace. Bien sûr, il était avec les autres quand Candace avait disparu ; cependant, cela ne satisfaisait pas Marshall. Boland avait été interrogé par la police mais celle-ci l'avait relâché après avoir recueilli sa déposition sur les récents événements.

Boland était aussitôt rentré à Londres et Marshall n'avait pas rencontré de difficultés pour retrouver sa trace. Il s'attacha aussitôt aux pas du jeune homme.

Marshall ne tarda pas à découvrir que les amis de Steven Boland étaient essentiellement des jeunes musiciens, des pseudo-artistes et des jeunes gens du monde de la publicité. Quant aux jeunes filles, il s'agissait pour la plupart de mannequins et de jolies héritières entretenues par leurs parents. Ils se réunissaient souvent le soir dans des clubs privés ou les uns chez les autres. Boland lui-même avait un studio dans un atelier proche des docks de Londres où se déroulaient nombre de ces parties, qui duraient souvent toute la nuit et parfois plusieurs jours et plusieurs nuits d'affilée.

Marshall n'avait pas de plan précis à l'esprit lorsqu'il commença à suivre Boland. Il prit soin pendant un certain temps de passer inaperçu, s'arrangeant pour ne pas éveiller ses soupçons. Cela ne le menait nulle part. Il décida alors de modifier sa stratégie et de défier Boland pour le pousser à commettre une erreur. Il se plaça délibérément sur le chemin de l'Anglais aussi souvent que possible. La guerre des nerfs avait commencé.

Cette stratégie produisit des résultats. Au début, Boland s'efforça d'ignorer Marshall, mais petit à petit il perdait de sa belle prestance. En définitive, lorsqu'il apercevait Marshall, il se précipitait vers lui en fulminant. Boland explosait, où qu'ils soient : « Pourquoi me persécutez-vous ainsi ? Laissez-moi tranquille. Je n'ai rien à vous dire. Foutez le camp ! Foutez-moi la paix ! » Marshall se contentait de lui opposer un sourire narquois et glacé — ce sourire qui l'avait tant impressionné chez l'Anglais dans l'Orient-Express — et il s'éloignait calmement pour reprendre aussitôt sa filature. Boland, malheureusement, ne commettait pas d'erreur.

Evelyn reçut un jour un étrange coup de téléphone. Son interlocutrice se présenta sous le nom de Léna Bram. Selon ses dires, elle était médium. Elle prétendait avoir reçu des « messages » de l'au-delà de Cynthia. Cynthia, affirmait-elle, était soucieuse de contacter sa famille et ses amis. La jeune fille l'avait choisie, elle Léna Bram, pour servir de médium et transmettre ses messages.

La médium proposa à Evelyn d'organiser une séance dans le studio où Cynthia avait vécu avec sa sœur Candace et d'y inviter tous ceux qui avaient participé au voyage tragique sur l'Orient-Express.

Evelyn était, bien entendu, très sceptique à l'égard de cette histoire. Elle assura cependant Léna Bram qu'elle réfléchirait à sa proposition, nota son numéro de téléphone et promit de la rappeler dans quelques jours.

Evelyn s'empressa de prévenir Julian, John, Marshall, Lewis, Phillip et Ava de cet appel téléphonique. Tous convinrent que cette histoire sentait le charlatanisme. Cette femme avait appris par les journaux le drame qui avait frappé la famille Robins et cherchait sans doute à en tirer profit à des fins publicitaires. Leur curiosité était pourtant éveillée. N'ayant rien à perdre et rien à craindre d'une telle séance, ils acceptèrent d'y participer.

Evelyn téléphona aussitôt à la médium pour lui communiquer leur décision. Une date fut fixée : la séance médiumnique aurait lieu deux jours plus tard. Marshall songea aussitôt à y inviter Steven Boland. La tension que pourrait créer une telle confrontation lui paraissait une bonne étape dans sa guerre des nerfs. Ava était la seule à connaître un tant soit peu Boland. Elle accepta de lui transmettre l'invitation et d'essayer de le convaincre de se joindre à eux.

Ce fut peine perdue. Boland lui affirma qu'il ne désirait pas avoir de contact avec la famille Robins. Qu'il n'avait rien à voir dans cette histoire et qu'il désirait qu'on cesse de l'importuner. Il lui raccrocha ensuite au nez.

Le soir de la séance, Evelyn, John, Julian, Marshall, Lewis, Phillip et Ava Wingate étaient déjà réunis dans le studio des jumelles lorsque Léna Bram arriva au rendez-vous à l'heure précise.

Léna Bram était un curieux personnage : entre deux âges, boulotte, des cheveux frisés couleur cannelle, un visage en forme de lune et de grands yeux ronds. Elle affirma être originaire de Transylvanie — ce qui fit sourire tout le monde, chacun songeant immédiatement au fameux comte Dracula.

Léna Bram perdit peu de temps en palabres. Elle invita sans tarder les personnes présentes à prendre place autour de la petite table du studio. Elle fit le tour de la pièce, comme si elle désirait s'imprégner de l'atmosphère de l'endroit. Elle tira les tentures et éteignit les lumières de sorte que la pièce fut plongée dans l'obscurité complète.

Un instant plus tard, une petite flamme se mit à vaciller sur la table. Léna Bram venait d'allumer une bougie, piquée dans le chandelier qu'elle avait pris soin d'amener. La lumière dansait devant son visage, lui donnant un aspect fantomatique. La mise en scène était sobre mais soignée.

« Silence », commanda-t-elle. Elle ferma les yeux et pencha la tête en avant.

Rien ne se produisit pendant un long moment. La bougie se consumait lentement. Il n'y avait pas le moindre bruit dans la pièce. Bientôt, on entendit les chaises crisser lorsque l'un ou l'autre s'agitait. Tout à coup, venant de la direction de la médium, un sifflement aigu. Il se fit de plus en plus strident puis cessa. Une voix désincarnée se fit presque aussitôt entendre. Elle semblait provenir de derrière la bougie et n'avait pas un soupçon d'accent.

Si vous voulez retrouver ma sœur, souvenez-vous de la caisse en bois dans le train. Elle ne contenait plus personne après sa disparition. Mais quelqu'un s'y cachait avant. Quelqu'un est monté ainsi à bord du train sans se faire remarquer. Il est ensuite sorti de la caisse, a enlevé ma sœur et a quitté le train avec elle. Souvenez-vous de la caisse en bois. Son mystère est résolu...

La voix mourut en un sifflement atroce. Une fois de plus le silence envahit la pièce. La bougie se consumait toujours et le silence planait. On s'agitait quelque peu autour de la table. Quelqu'un toussa. Le silence revint. La voix de Julian Shields l'interrompit finalement et on l'entendit demander : « Est-ce tout, Mme Bram... »

A peine avait-il prononcé ces mots que la table autour de laquelle ils étaient installés se souleva violemment avant de s'écraser sur le sol. Ce mouvement se reproduisit plusieurs fois et au milieu de ce chaos, on entendit une nouvelle voix venant de la direction de Mme Bram, laquelle était toujours dissimulée par l'obscurité ; puis un cri, guttural, effrayant :

« I... I... I... Il
m'... m'... m'... m'a
tu... tu... tuée... »

La bougie s'éteignit. La table se renversa.

« Allumez ! » hurla Julian.

Lewis fut le premier à atteindre l'interrupteur. La lumière inonda bientôt la pièce.

La table était couchée sur le côté. Léna Bram était étendue sur le dos. Les autres s'étaient réfugiés près des murs.

« Regardez-la ! » s'exclama Ava, en montrant la médium. Des gouttes de sang perlaient aux coins de la bouche de la femme.

Le Dr John Forbes se précipita vers elle, prit son pouls et dit : « Elle vit. Elle est en état de choc ou évanouie. »

Les autres observèrent John Forbes lui frotter les poignets et soulever sa tête pour la faire bouger d'un côté à l'autre jusqu'à ce qu'elle rouvre les yeux.

« Comment vous sentez-vous ? » demanda John.

Après un moment d'hésitation, la femme répondit par des signes de tête et se redressa sur son séant.

John l'aida à se relever et à s'installer sur une chaise. Elle regarda alors autour d'elle. « Avez-vous du cognac s'il vous plaît ? »

« Je vais voir », dit Lewis en quittant la pièce. Il revint bientôt avec une bouteille de cognac et un verre. La médium prit son mouchoir dans sa poche et s'essuya les lèvres. La vue du sang ne la surprit pas. Elle s'était simplement mordue la langue.

Elle prit le verre de cognac que John venait de lui verser, le but et regarda ensuite les visages tournés vers elle. Un léger sourire se dessina sur ses lèvres. Malgré leur scepticisme, tous paraissaient fortement impressionnés.

« Oui », dit-elle, « j'ai établi un contact. Je vous assure que ce n'était pas une plaisanterie. »

Elle reprit un verre de cognac, s'absorba dans une

méditation soucieuse, puis annonça qu'elle avait une confidence à faire.

Elle confessa que la première partie de la séance n'était qu'un tissu de mensonges. Tout ce qu'elle avait dit concernant la caisse en bois lui avait été « dicté ». Elle n'avait fait que répéter une leçon.

Cet aveu ne surprit qu'à moitié les participants à la séance. Elle expliqua qu'elle avait reçu une lettre renfermant de l'argent. On lui demandait d'organiser cette séance et de répéter fidèlement le texte qui était joint à la lettre. L'auteur de cette étrange missive lui promettait que si la séance avait lieu et que si elle y tenait bien son rôle, elle recevrait un deuxième paiement par courrier.

On commençait à chuchoter autour de la voyante mais elle leva la main pour demander le silence. Elle n'avait pas terminé.

« Ce qui s'est produit par la suite est tout différent. La table qui s'est renversée, mon étrange intonation de voix, tout cela n'était pas de la comédie. Je le jure ! Cela arrive... Je possède vraiment des " dons " médiumniques et parfois ils s'expriment... comme ce soir. Croyez-moi, ce n'est pas la première fois qu'une telle manifestation se produit. »

Elle tenta de décrire ce qu'elle avait éprouvé durant cette partie de la séance. Elle avait senti une présence qui luttait pour parler, pour communiquer. « S'agissait-il de Cynthia ? » Elle était incapable de le dire. La présence ne parvenait pas à « passer », si ce n'est pour exprimer les trois mots entendus : « Il m'a tué. »

Personne ne savait que penser de ce conte. Il était cependant évident que Léna Bram était sincère.

Julian lui demanda si elle accepterait de lui confier la lettre qu'elle avait reçue et de le prévenir si elle recevait des nouvelles de son auteur ou le deuxième paiement promis. Elle accepta.

Après son départ, les autres restèrent dans le studio.

Les discussions allaient bon train. Chacun essayait de comprendre ce que tout cela signifiait.

Ils s'arrêtèrent en définitive sur deux hypothèses. La première : qui que soit l'auteur de la lettre adressée à Léna Bram, il savait quelque chose sur l'inconnu qui s'était dissimulé dans la caisse en bois avant d'enlever Candace ; la seconde : l'auteur de la lettre désirait détourner les soupçons de sa personne et avait inventé l'histoire de bout en bout.

Quant à ce qui s'était passé vers la fin de la séance, la seule explication raisonnable, réaliste à laquelle ils aboutirent était la suivante : une forme quelconque d'énergie cinétique avait été libérée dans la pièce et était à l'origine des mouvements désordonnés de la table. Ils étaient convaincus que la médium s'était plongée dans une transe au cours de laquelle elle avait imaginé, puis répété des mots qui lui étaient « dictés ». Restait une autre explication, mais personne ne voulait l'envisager sérieusement : la femme avait effectivement établi un contact avec Cynthia par-delà la tombe.

Le lendemain, Julian Shields reçu de Léna Bram la lettre promise. Celle-ci était écrite sur une feuille de papier ordinaire. Le message correspondait mot pour mot à celui rapporté par la médium. La lettre précisait que l'enveloppe contenait de l'argent et lui donnait pour instruction de tenir une séance avec la famille Robins. Elle précisait que Mme Bram devait répéter le message joint à la lettre et promettait un deuxième paiement. Sur ce point au moins, Léna Bram n'avait pas menti.

Julian confia la lettre à un expert en graphologie de Londres qui ne lui fut d'aucun secours. Il la remit ensuite à la police qui ne se montra guère coopérative et se contenta d'en adresser une copie à la police de Venise. C'était elle qui avait l'affaire en main.

Dix jours plus tard, Evelyn, Julian et le Dr Forbes — emmenant le corps de Cynthia — retournèrent aux

Etats-Unis. Marshall et Lewis avaient décidé de demeurer encore quelque temps à Londres.

Cynthia fut enterrée dans le petit cimetière de la vallée de Green Spring, dans le Maryland, près de la propriété familiale.

Dans les semaines qui suivirent, la famille reçut occasionnellement des rapports émanant des autorités vénitiennes leur signalant que l'enquête sur le mystère des jumelles de l'Orient-Express se poursuivait. La police ne possédait malheureusement aucune charge contre quiconque et personne n'avait été inculpé. La caisse en bois attendait toujours son destinataire en gare de Santa Lucia. L'enquête piétinait.

CHAPITRE IV

Copie de la déclaration de Henry Fowles,
détective privé,

*recueillie par l'inspecteur Robert Covington de Scotland
Yard.*

Si mon nom s'est trouvé associé à ce que l'on a appelé
depuis « l'affaire Lewis Robins », c'est vraiment par le
plus grand des hasards, monsieur l'inspecteur. Je n'avais
jamais eu le moindre contact avec la famille Robins
jusqu'à ce que Lewis me téléphone, il y a quelque trois
mois de cela. Il désirait que je lui rende visite au siège
londonien de la *Robins Cosmetics*.

J'ignore pour quelles raisons il a porté son choix sur
moi, mais je dois dire qu'à l'époque j'en étais ravi.
Travailler pour les Robins me paraissait être une
aubaine. Je me suis donc présenté à son bureau et
M. Lewis Robins m'a engagé pour mener une enquête
sur un certain Phillip Wingate. Lorsque je l'ai quitté, je
n'en savais guère plus. Ses instructions étaient relativement vagues ; je devais fouiller le passé de Wingate : ses
affaires et sa vie privée.

J'avais appris par les journaux que Wingate avait
épousé la sœur de Lewis et que celle-ci avait été
assassinée dans l'Orient-Express au cours de leur voyage

de noces. Mais M. Robins n'a pas fait allusion à ce drame lors de notre première rencontre et je me suis gardé de mentionner ces faits.

Le nom de Wingate ne m'était pas inconnu. Il avait déjà défrayé la chronique des journaux à l'occasion de son premier mariage. Sa première femme avait fait une chute mortelle et des soupçons avaient plané sur Wingate qui héritait de sa fortune. Il m'était donc facile de deviner les raisons pour lesquelles Lewis Robins m'avait engagé.

Durant les jours qui suivirent mon entrevue à la *Robins Cosmetics*, je n'ai pas perdu Wingate de vue. Je le filais de jour comme de nuit. Je furetais dans son magasin d'antiquités dans Regent Street. A première vue, rien de ce qui se rapportait à cet homme ne paraissait extraordinaire. Il menait une vie banale et rangée.

Wingate avait un horaire très régulier : il tenait son magasin pendant la journée, il rentrait dans son studio de Eaton Square le soir et, de temps en temps, il se rendait dans sa propriété des Meadlands. C'est là que j'ai découvert qu'il avait une sœur — une bien jolie fille, ma foi. Elle menait apparemment une vie aussi calme que son frère, ne quittant les Meadlands que pour venir lui rendre visite. Elle passait alors la nuit dans son studio. J'ai souvent eu l'occasion d'observer Lewis Robins en compagnie de Wingate et de sa sœur, Ava. Il paraissait s'intéresser beaucoup à la jeune fille.

J'en ai donc déduit qu'il désirait en savoir plus sur le frère avant de s'engager plus avant avec la sœur.

Tout en continuant à filer Phillip Wingate, j'ai commencé à étudier tous les documents officiels le concernant : permis de conduire, livret de mariage, registre de commerce, actes de propriétés, etc. C'est ainsi que j'ai découvert un fait pour le moins étrange. Il n'y avait pas de document compromettant, non. Mais, il était évident que des documents manquaient ! Il m'était impossible de

84

trouver un seul papier officiel le concernant qui remonte à plus de cinq ans. Je décidai donc de me procurer son acte de naissance. Peine perdue, il n'en existait pas.

Voilà qui n'était plus banal ! Et ce qui l'était encore moins, c'est que Scotland Yard n'ait pas relevé cette incongruité lors de l'enquête sur le décès de la première femme de Wingate. Je me perdais en conjectures et ne savais vraiment pas ce qu'il fallait penser de tout cela. J'avais cependant des éléments nouveaux et je décidai d'en parler à mon client.

Lewis Robins était aussi intrigué que moi. Il m'avait écouté sans mot dire et marchait dans le bureau comme un lion dans une cage. Il finit par s'asseoir face à moi ; son ton était celui d'un homme décidé. Il m'expliqua qu'il n'avait pas la moindre idée sur ce que cela pouvait signifier. Par ailleurs, ce n'était pas son problème.

C'est à ce moment qu'il m'a confié qu'il soupçonnait Wingate d'être responsable de la mort de sa sœur, Cynthia. Il ne possédait évidemment pas la moindre preuve de ce qu'il avançait — Wingate n'aurait pas été assez stupide pour faire le coup lui-même. Il désirait que je poursuive mon enquête afin de découvrir s'il n'était pas possible d'établir un lien entre l'un des passagers de l'Orient-Express et Wingate. Lewis Robins a été des plus clairs ce jour-là : « Je sais qu'il est derrière le meurtre de ma sœur. Et je vous jure qu'il ne s'en sortira pas comme ça. Ce type cache quelque chose. Je veux que vous découvriez quoi. Je me fous de ce qu'il m'en coûtera. Croyez-moi, mon vieux, je n'hésiterai pas à prendre moi-même l'affaire en main. »

Robins ne m'avait pas appris grand-chose de nouveau, il n'avait fait que confirmer ce que j'avais déjà deviné. Je me retrouvais donc au même point qu'auparavant. J'ai donc décidé de changer de tactique.

Dès le lendemain, je me retrouvais à mon poste d'observation devant la boutique d'antiquités de Regent Street. Cette fois, je me suis intéressé à toutes les personnes qui fréquentaient régulièrement le magasin. J'avais un appareil photo miniature et je mitraillais la porte d'entrée. Lorsque Wingate partait, je le suivais — à Londres ou dans les Meadlands — et je photographiais toutes les personnes qu'il rencontrait.

J'eus bientôt une impressionnante collection de photos, mais rien ni personne qui sortait du lot. A l'exception d'un homme. Il n'était pas très grand, il avait un début d'embonpoint mais devait faire du sport pour préserver sa ligne. Ce n'est toutefois pas son élégance qui a retenu mon attention mais bien le fait qu'il fréquentait avec assiduité le magasin d'antiquités. Je l'ai vu plusieurs fois rejoindre Wingate dans son studio et même dans la propriété des Meadlands.

Mon gaillard paraissait être un intime des Wingate mais ce qui me frappait c'est qu'il ne rencontrait jamais Phillip et Ava en présence de témoins. J'ai donc modifié une fois encore ma routine et j'ai essayé d'en apprendre plus sur ce personnage discret.

Je n'ai pas tardé à découvrir qu'il travaillait à Cheltenham, le principal centre informatique des services secrets britanniques, ainsi que vous le savez. Voilà qui m'a donné à réfléchir ; mais je ne possédais pas encore assez d'éléments pour bâtir une théorie.

J'ai éprouvé quelques difficultés pour connaître son nom : Colin Strickland. Je me suis alors mis à creuser son passé. J'ai fouillé dans les dossiers officiels. J'ai fureté dans les quartiers où il avait vécu auparavant ; j'ai cuisiné les commerçants des environs.

Strickland était à première vue un homme aussi rangé et respectable que Wingate. Je commençais à me dire qu'il y a un stade où la banalité elle-même devient suspecte. Mes discussions avec les anciens voisins de Strickland m'apprirent qu'il avait une sœur. Chacun insistait — outre sur la beauté de la fille — sur le fait que Strickland et sa sœur paraissaient très proches l'un de l'autre. J'essayai de savoir ce qu'elle était devenue mais personne ne l'avait revue depuis le départ de Colin Strickland.

Je ruminais tout cela sans réussir à assembler les pièces du puzzle. Durant tout le temps que j'avais suivi Strickland, je n'avais pas vu de femme dans son entourage à l'exception bien sûr de la sœur de Wingate, Ava. Vous me direz que je ne suis pas très subtil mais il m'a fallu un certain temps avant de rapprocher ces deux faits. J'ai alors décidé d'en savoir plus sur Ava Wingate. Je désirais mettre la main sur son acte de naissance, mais là aussi j'ai fait chou blanc. Il n'existait pas plus d'acte de naissance au nom d'Ava que de Phillip Wingate. En revanche, il y en avait un au nom d'Ava Strickland et si je me fiais aux apparences, l'âge de cette jeune fille correspondait à celui de la sœur de Wingate !

Je rentrai aussitôt chez moi. J'ai fouillé dans ma collection de photos, j'ai choisi le meilleur cliché que je possédais d'Ava et je suis retourné voir les anciens voisins de Strickland. J'étais excité comme une puce. Enfin les choses bougeaient un peu.

Je venais en effet de marquer un point. Les gens identifièrent aussitôt Ava Wingate comme étant « Ava Strickland ». Je jubilais mais cela n'a pas duré longtemps. D'accord, j'avais découvert que Phillip Wingate n'existait pas et qu'Ava n'était pas la sœur de l'un mais celle de l'autre. Et où cela me menait-il ? Nulle part.

Je n'ai pas immédiatement livré cette information à M. Lewis Robins. Il m'aurait demandé ce que j'en déduisais or je n'en déduisais rien. J'étais toujours grosjean comme devant.

Il ne me restait plus qu'à partager mon temps entre la filature de Phillip Wingate et celle de Colin Strickland, comme si je ne savais rien de plus sur eux. Je vous l'avoue, inspecteur, je me sentais déprimé. Tous les indices que je découvrais ne faisaient qu'ajouter à ma confusion. Ce soir-là, je décidai donc de rentrer chez moi et de ruminer mes sombres pensées devant quelques whiskies.

J'étais furieux. Sur mon bureau, les photos paraissaient se moquer de moi! J'ai failli les flanquer à la poubelle mais, au lieu de cela, je les ai repassées en revue. Bien m'en a pris. J'ai relevé un détail qui m'avait jusqu'alors échappé.

Colin Strickland n'était pas le seul à fréquenter régulièrement le magasin d'antiquités. Il y avait un autre homme, plutôt âgé et corpulent. Il apparaissait toujours peu de temps après une visite de Strickland et il ne quittait jamais la boutique sans avoir acheté l'une ou l'autre pièce. Ma décision était prise. J'avais perdu assez de temps. Dès le lendemain, je serais de retour au magasin d'antiquités et j'attendrais mon petit bonhomme.

Je n'ai pas eu longtemps à attendre avant de le revoir. Comme je le prévoyais, il repartit avec un achat sous le bras. Je lui emboîtai le pas. C'était la première personne dans cette affaire qui prenait des précautions pour ne pas être suivi. Je suis convaincu qu'il ne m'a pas aperçu mais il n'en a pas moins réussi à me semer après force tours et détours.

J'ai dû attendre une semaine de plus avant de le revoir. Cette fois, je me suis arrangé pour rester sur ses talons lorsqu'il a quitté le magasin avec son achat habituel. Il m'a finalement conduit jusqu'à sa destination finale qui était, ainsi que vous le savez, l'ambassade soviétique.

Il va de soi qu'à ce moment j'avais une idée très précise de ce que cachait ce trafic. Mais je ne voyais toujours pas en quoi Cynthia Robins était liée à cela. Je n'ai pas eu malheureusement l'occasion de rassembler les pièces du puzzle. Il venait à peine de franchir les portes de l'ambassade quand deux espèces de gorilles m'ont saisi par les bras.

Je sentais le canon d'un revolver dans mes reins. Ils

m'ont fait monter dans une voiture, m'ont plaqué au sol et ont démarré sur les chapeaux de roues. J'ai bien cru que ma dernière heure était venue.

Les deux molosses me gardaient le nez contre le plancher de la voiture de sorte que je ne pouvais voir où on m'emmenait. J'ignore combien de temps notre balade a duré. Je sentais la sueur couler entre mes omoplates et mon sang battre à mes tempes. La voiture s'est finalement arrêtée dans un parking. Ils m'ont fait descendre et m'ont conduit dans un bâtiment sombre.

Les gorilles m'encadraient. Nous avons pris un ascenceur, puis une enfilade de couloirs. Ils m'ont alors introduit dans un minuscule bureau meublé de quelques chaises et d'une table en bois. Ils m'ont poussé sur une chaise et se sont installés de l'autre côté de la table. L'interrogatoire a commencé. Les questions se succédaient à la cadence d'une rafale de mitraillette.

Qui étais-je? Pourquoi suivais-je l'homme qui avait pénétré dans l'ambassade soviétique? Pourquoi me trouvais-je dans le magasin d'antiquités de Wingate quand il s'y était amené? Que savais-je sur ce qui se tramait là? Pour qui travaillais-je? QUI... QUOI... OU... COMMENT... POURQUOI...???? J'avais à peine répondu à une question qu'ils m'en envoyaient une autre. Je reconnais que j'ai eu les jetons et que j'ai vidé mon sac. Je leur ai dit tout ce que je savais, tout ce que je faisais. Je leur ai même dit que je travaillais pour Lewis Robins et je leur ai expliqué pourquoi. Je sais pertinemment que j'aurais dû taire l'identité de mon client, mais j'avoue qu'à ce moment précis je ne pensais qu'à sauver ma peau. Je n'avais rien à voir avec une quelconque affaire d'espionnage et je ne voulais pas finir bêtement comme ça, par erreur.

Ils m'ont alors demandé ma carte. Je la leur ai donnée ainsi que mes papiers. L'un d'entre eux est sorti. L'autre m'a tendu une cigarette sans un mot. Il restait impassible sur sa chaise sans me quitter du regard une seconde. Il s'est écoulé un long moment avant que l'autre ne revienne. Cela me soulageait un tant soit peu et me redonnait une lueur d'espoir. S'il s'était agi d'agents russes, ils n'auraient pas pris la peine de vérifier si je disais la vérité. Ils se seraient tout simplement débarrassés de moi, si telle avait été leur intention.

Le type est finalement revenu avec mes papiers et il m'a jeté mon portefeuille sans m'adresser la parole. Il a fait un signe de tête à son collègue et c'est lui qui m'a expliqué la situation.

Ils appartenaient au SIS, le Secret Intelligence Service. Oui, j'avais en face de moi une paire de DI6 britanniques.

Ils n'ont pas mis de gants pour me communiquer leurs instructions. Je devais cesser de filer Phillip Wingate. Je devais même l'oublier ainsi que tous ceux qui avaient des contacts avec lui. J'étais impliqué, à mon insu, dans une affaire qui concernait la sécurité nationale. J'avais intérêt à ne parler à personne de ce que je venais d'apprendre si je ne souhaitais pas me retrouver derrière des barreaux. Je devais par ailleurs prévenir mon client, Lewis Robins, qu'il était dangereux de continuer à fouiner dans les affaires de Wingate. Je n'étais pas autorisé à lui en dire plus.

Je me sentais revivre et j'étais disposé à leur promettre tout ce qu'ils voulaient. Ils m'ont raccompagné à mon bureau et m'ont libéré. J'ignore toujours aujourd'hui où ils m'ont interrogé.

J'ai rencontré Lewis Robins dès le lendemain. Je lui ai annoncé que je laissais tomber son affaire et je lui ai recommandé sans ambages d'en faire autant. D'oublier Phillip Wingate et de rentrer aux Etats-Unis.

Lewis Robins n'était pas le genre de type à qui on dicte sa conduite. Il est entré dans une colère noire. Il m'a accusé de m'être laissé acheter. Je ne pouvais lui en vouloir et, le pire, c'est que je n'étais pas en droit de lui expliquer ce que j'avais découvert.

Dans sa colère, Lewis m'a prévenu qu'il était excédé par cette histoire et qu'il était décidé à tirer tout cela au clair dès le soir même. Il entendait avoir une explication avec Phillip sans tarder parce qu'il était convaincu que celui-ci était maintenant prêt à le descendre lui, Lewis Robins. Croyez-moi, inspecteur, j'ai fait tout ce qui était en mon pouvoir pour l'en dissuader, mais il m'a foutu à la porte.

J'étais terriblement perturbé en le quittant. J'avais le sentiment que je devais quelque chose à l'Américain. Aussi, en dépit des avertissements des D 16, j'ai décidé de suivre Lewis Robins. Après tout, ils ne m'avaient pas interdit de le tenir à l'œil, lui !

J'ai surveillé la sortie des bureaux de la *Robins Cosmetics* jusqu'à la tombée de la nuit. Lewis Robins est sorti, il est monté dans sa voiture et il a démarré en trombe. Je l'ai suivi à une distance raisonnable. Robins s'est directement rendu au studio de Wingate. L'Anglais l'attendait devant la maison et il est monté dans la voiture de Robins. Ils sont partis et j'ai repris ma filature, toujours à bonne distance.

Ils se sont dirigés vers les docks. J'étais assez loin derrière eux pour m'apercevoir qu'une autre voiture les suivait, conduite par un homme seul.

Ce qui est advenu ensuite à la voiture de Robins à proximité des docks, vous le savez.

Il y a eu une terrible explosion, une grande boule de feu a complètement détruit la voiture. Il était évident que Robins et Wingate avaient péri dans les flammes sans une chance d'en réchapper.

Je suis resté dans le secteur juste le temps de voir l'homme qui conduisait la deuxième voiture, celle qui suivait Robins et Wingate. Par la suite, on m'a montré des photographies à Scotland Yard et, ainsi que vous le savez, j'ai pu identifier l'homme en question. Il s'agissait du propre frère de Lewis Robins, Marshall Robins. Bien que vous m'ayez déjà souvent posé la question, je suis incapable de vous dire pourquoi Marshall Robins conduisait la voiture de Wingate, ni pourquoi il le suivait. Il prétend que Wingate lui-même lui avait demandé de les suivre dans sa voiture afin qu'il puisse le ramener en ville après la discussion avec Lewis qu'il prévoyait orageuse. Pour autant que je sache, cette explication se tient.

Je dirai pour conclure que je n'ai pas la moindre idée quant à l'identité des assassins de Lewis Robins et de Phillip Wingate. Il faudrait être stupide pour ne pas avoir compris que Wingate travaillait pour le KGB, qu'il avait été démasqué par le SIS et — bien qu'il ne l'ait jamais suspecté — qu'on l'a laissé continuer son double jeu pour découvrir quelle opération les Soviétiques préparaient sur le sol britannique. Ceci expliquerait pourquoi la police n'a jamais été très empressée d'élucider le mystère de la mort de sa première femme, en dépit des soupçons qui pesaient sur lui. Ou encore celle de sa deuxième femme, même si d'après les dépositions de nombreux témoins, il n'aurait pu commettre personnellement le meurtre.

Oui, monsieur l'inspecteur, je comprends que je ne dois discuter de cette affaire avec personne et que j'ai même intérêt à tout oublier. Les gens du SIS m'ont dit exactement la même chose lorsqu'ils m'ont prévenu que Colin Strickland et sa sœur, Ava, avaient quitté le pays après la mort de Phillip et de Lewis.

Je n'ai rien à ajouter ; j'ignore qui a posé la bombe dans la voiture de Lewis Robins cette nuit-là... tout comme j'ignore qui me remboursera les frais de cette affaire.

CHAPITRE V

1

Elle le vit empoigner le coussin du divan et comprit avec horreur qu'il allait la tuer. Aussi absurde que cela paraisse, au milieu de sa terreur elle réalisa qu'elle entendait en arrière-fond la radio diffuser la musique du film *Laura*.

« Oh... », soupira-t-elle et son « non » aurait été un cri perçant si le mot n'avait été étouffé dans sa gorge au moment où le coussin fut projeté sur son visage lui coupant la parole et la respiration.

Elle se débattit désespérément ; elle glissa en bas du divan et tomba, le coussin pressé sur son visage. Elle mordit à pleines dents dans l'étoffe, luttant pour trouver un peu d'air. Elle arracha même un morceau de tissu. Elle éprouvait un certain vertige mais n'en continuait pas moins à se débattre comme un beau diable. Il pressait de plus en plus fort. Elle ne parvenait plus à respirer. Son corps eut un dernier sursaut convulsif et elle expira...

On ne découvrit le drame que le lendemain matin. La femme de ménage vint prendre son service à huit heures, comme tous les jours. En pénétrant dans le salon, elle s'immobilisa pétrifiée : le corps de sa jeune maîtresse était étendu sur le sol, un coussin lui couvrant le visage.

Mme Margaret Carmody était hystérique lorsqu'elle

appela la police. Celle-ci arriva sur les lieux un quart d'heure plus tard.

L'inspecteur William Raylor fut chargé de l'enquête. C'était un petit homme calme, aux yeux perçants. Il était accompagné de trois autres policiers : deux hommes de patrouille et un autre inspecteur de la brigade des homicides.

Raylor observa le corps qui gisait tout habillé sur le sol. Il ne donnait plus le moindre signe de vie. Raylor se redressa et se tourna vers la femme de ménage.

« Qui est-ce ? » demanda-t-il en bourrant sa pipe.

« C'est ma patronne », répondit Mme Carmody, s'essuyant les yeux avec un mouchoir. « Mme Pittman, Mme Libby Pittman. »

Raylor donna ses ordres sans se départir de son calme. L'inspecteur de la brigade des homicides retourna à la voiture afin d'appeler le médecin légiste et l'équipe du laboratoire. L'un des hommes de patrouille et Mme Carmody tentèrent de joindre les autres membres de la famille pour les prévenir de ce qui était advenu et pour leur demander de venir sur place.

Raylor quant à lui inspecta la maison de fond en comble. L'endroit était un véritable capharnaüm. Partout le contenu des tiroirs avait été vidé ; les papiers avaient été éparpillés, les armoires et les bureaux mis sens dessus dessous, les vêtements sortis des garde-robes et jetés pêle-mêle par terre.

Pendant les heures qui suivirent, la police s'affaira dans la maison, prenant des photographies, relevant des empreintes digitales, examinant le cadavre. Le médecin légiste fournit une estimation de l'heure de décès : entre dix-huit heures et minuit — approximation qui serait confirmée par l'autopsie réalisée ultérieurement à l'institut médico-légal. Le lieutenant Raylor souhaitait avoir une idée approximative de l'heure du décès avant de s'entretenir avec le mari et les membres de la famille de la victime qui ne tarderaient pas à arriver.

94

Marshall Robins fut le premier à être contacté par la femme de ménage ; il fut également le premier à arriver sur les lieux. Il fut suivi par Evelyn Robins accompagnée de Julian Shields et peu de temps après par le Dr John Forbes. George Pittman, le mari de Libby, s'était rendu à Washington DC la veille au soir et n'avait appris la nouvelle de la tragédie qu'en téléphonant chez lui en fin d'après-midi. Il arriva donc une heure après les autres.

Raylor attendit que tous furent rassemblés pour commencer à commenter le cas : « Selon toutes les évidences en notre possession, il semble que nous soyons en présence d'un cambriolage ayant mal tourné. Le ou les cambrioleurs se seraient introduits dans la maison par effraction. Mme Pittman les aurait surpris et, dans leur panique, ils l'auraient tuée. »

Il marqua une pause, tira sur sa pipe et observa, les yeux plissés, l'effet produit par ses paroles sur les personnes présentes.

« En fait », poursuivit-il, « cette théorie se trouve renforcée par le fait que ce quartier a récemment été la scène de nombreux cambriolages avec effraction. Nous avons enregistré cinq incidents du même ordre le mois dernier. Heureusement, dans les autres cas, il n'y avait personne à la maison au moment du vol. Il n'y a donc pas eu de violence. »

« Les choses ne se sont pas passées ainsi », répliqua Evelyn d'un ton sec.

Le lieutenant Raylor lui fit face : « Que voulez-vous dire ? »

Evelyn se contenta de hocher la tête sans répondre. Raylor renouvela sa question et ce fut Julian Shields qui lui répondit : « Lieutenant, Mme Robins a vécu une période pour le moins traumatisante ces derniers mois. »

Il prit le bras de l'inspecteur et l'attira à l'écart afin de le mettre au courant en quelques mots de la série de meurtres qui, au cours de l'année précédente, avait décimé la famille Robins.

« Je comprends », dit l'inspecteur lorsque Julian eut terminé son récit. « Cette histoire de cambriolage ne me plaisait d'ailleurs pas, malgré ce que j'ai pu en dire il y a un instant. »

« Mis à part l'intervention de Mme Robins », interrogea Julian curieux, « en quoi la mort de Libby Pittman est-elle suspecte ? Il est évident que quelqu'un a pénétré dans cette maison afin de la dévaliser. Et ainsi que vous l'avez dit, il est probable qu'il ait été surpris par Mme Pittman. »

« Vous avez raison et c'est justement ce qui me dérange », renchérit le petit homme, la pipe aux lèvres.

Julian sourcilla : « Je ne vous comprends pas, inspecteur. »

Raylor sourit aimablement et poursuivit d'une voix posée : « Je crois que quelqu'un s'est donné beaucoup de mal pour organiser cette mise en scène. Quelqu'un qui a voulu nous faire croire que Mme Pittman avait été victime de cambrioleurs surpris la main dans le sac si je puis dire. » Il regarda le désordre autour de lui. « C'est la conclusion que j'ai tirée en inspectant les lieux. Des cambrioleurs n'auraient jamais mis l'appartement dans cet état. Mes soupçons se trouvent encore renforcés par ce que vous venez de m'apprendre. »

L'inspecteur reconnut qu'il ne disposait pour le moment d'aucun élément lui permettant d'étayer sa théorie. Il décida donc d'interroger chacune des personnes actuellement dans la maison afin de déterminer où elles se trouvaient la nuit précédente, et plus particulièrement entre dix-huit heures et minuit.

Julian Shields et le Dr John Forbes se trouvaient tous deux à des kilomètres de là, à New York. L'un comme l'autre pouvait produire des témoins pour confirmer ses dires. Shields avait dîné puis s'était rendu au théâtre avec un de ses clients. Forbes avait accompagné Evelyn Robins à un concert au Lincoln Center ; après quoi, ils avaient soupé ensemble.

Marshall Robins, lui, n'avait pas de véritable alibi. Il savait que son beau-frère, George Pittman, n'était pas en ville et il avait proposé à Libby de l'emmener dîner. Celle-ci ayant accepté, il était venu la prendre à son domicile vers vingt heures. La maison était plongée dans l'obscurité et il n'avait pas obtenu de réponse à ses coups de sonnette répétés. Il avait constaté en outre que la voiture de sa sœur n'était ni dans l'allée, ni dans le garage. Il affirmait avoir patienté pendant trente à quarante-cinq minutes dans l'espoir de la voir arriver. Il ne savait qui appeler pour demander où se trouvait Libby. Il s'était donc résolu à rentrer en ville, soucieux mais pas vraiment inquiet. Il avait passé la soirée seul dans l'appartement de Lewis Robins, qu'il occupait depuis la mort violente de son frère, donc depuis qu'il était rentré d'Angleterre.

George Pittman prétendait avoir passé la nuit à Washington DC, un fait qu'il était facile de vérifier. Un détail pourtant perturbait le lieutenant Raylor. George Pittman affirmait avoir quitté son domicile vers dix-huit heures. Il aurait donc pu tuer sa femme sans pour cela arriver en retard à Washington.

L'inspecteur de la brigade des homicides s'était arrangé pour interroger Evelyn en dernier lieu. La déposition de John Forbes l'avait déjà renseigné sur son emploi du temps mais Raylor désirait en savoir plus quant à sa réflexion : « Les choses ne se sont pas passées ainsi. » — lorsqu'il avait émis l'hypothèse que sa fille avait été victime d'un cambrioleur.

« J'aurais sans doute dû me dominer, lieutenant », dit Evelyn lentement. « Je n'ai aucune preuve me permettant d'étayer mes soupçons et je ferais mieux de n'accuser personne à la légère. »

Raylor eut son sourire bonhomme qui réussissait toujours à mettre les gens à l'aise. « Vous pouvez me parler en toute liberté, Mme Robins. Il s'agit d'un meurtre. Le seul moyen que nous ayons de mettre la main sur le coupable consiste à rassembler toutes les informations que nous pouvons glaner afin d'en faire jaillir la vérité. Maintenant, je vous en prie, dites-moi à quoi vous pensez. »

Evelyn secoua la tête. « Je crois que ma fille a été tuée par l'un des anciens employés de mon mari. Un homme du nom d'Ernest Truax. »

Elle expliqua au lieutenant que quelques mois avant son décès, son mari, Tyler Robins, avait découvert que Truax vendait des informations concernant les nouveaux produits de la *Robins Cosmetics* à une société concurrente. Elle expliqua comment son mari avait essayé de régler l'affaire avec le président de la compagnie adverse et — selon ses termes — lui « avait proposé un arrangement à l'amiable ».

Après la mort de Tyler Robins, poursuivit-elle, le président de la compagnie adverse lui avait assuré qu'il préférait payer la somme demandée plutôt que de risquer d'aller en prison. Cet homme avait toutefois changé d'avis au cours des dernières semaines. La *Robins Cosmetics* lui avait donc intenté un procès qui devait bientôt être jugé.

« Et quel rôle jouait votre fille dans cette affaire ? » demanda l'inspecteur.

« Elle était le témoin principal », dit Evelyn. « Elle travaillait dans le même département que Truax et elle fut la première à découvrir son petit trafic. Il y a d'autres preuves, mais le témoignage de ma fille était, je crois, capital pour l'affaire. C'est du moins l'avis de mes avocats. »

« Nous nous renseignerons soigneusement sur Ernest Truax, Mme Robins. Vous pouvez compter sur moi », assura fermement le lieutenant.

William Raylor était un officier de police intelligent et obstiné ; pendant les semaines qui suivirent, il s'appliqua nuit et jour à essayer de résoudre l'énigme de la mort de Libby Pittman.

Il avait espéré que l'équipe du laboratoire d'analyses lui fournirait des éléments susceptibles de l'aider dans son enquête, mais ce ne fut malheureusement pas le cas. On ne trouva pas d'empreintes suspectes dans la maison — la présence de celles de George Pittman, de Marshall Robins ainsi que celles des autres membres de la famille et des amis ne prouvait rien.

Le coussin du divan, qui avait servi à étouffer Libby, ne fournit pas d'indice. Le lieutenant en fut particulièrement déçu. Non seulement, l'objet ne livra aucun renseignement sur l'assassin mais curieusement, il ne portait pas de trace de la victime : ni salive ni marque ni empreinte. La police supposa que le meurtre avait été commis à l'aide d'un tout autre objet mais la perquisition de la maison ne permit pas de confirmer cette hypothèse.

L'inspecteur n'exclut pas la possibilité que Libby Pittman ait été tuée par un membre de sa famille ou par un ami, en raison de la série de meurtres ayant précédemment frappé les Robins. Durant les interrogatoires, il n'épargna ni le mari, George, ni le frère, Marshall. Il ne parvint cependant pas à établir leur présence dans la maison au moment du crime.

Un coup de théâtre advint pourtant au cours de l'interrogatoire de George Pittman. Celui-ci laissa entendre qu'il soupçonnait son beau-frère, Marshall, d'avoir assassiné Libby. Selon George Pittman, le frère et la sœur s'étaient querellés pour des questions d'affaires. Libby estimait que son mari, George Pittman, étant membre de la famille par alliance, devait être autorisé à siéger au conseil d'administration de la *Robins Cosmetics.* Marshall s'y opposait. George Pittman prétendait que Libby avait l'intention de le prévenir — le soir où elle avait été assassinée — qu'Evelyn était disposée à voter en sa faveur. Vu qu'il n'y avait plus que trois membres au conseil d'administration — Evelyn, Libby et Marshall — ce dernier aurait dû se conformer aux desiderata de la majorité. George Pittman n'en resta pas là. Il fit remarquer que Marshall était le seul membre de la famille qui était systématiquement présent lorsqu'un Robins se faisait tuer. Il participait à la croisière fatale à Tyler, il était présent lorsque James annonça qu'il allait révéler l'identité du coupable et il participait au voyage au cours duquel Cynthia avait été assassinée et Candace enlevée ; enfin, il n'était pas loin lorsque la voiture de Lewis avait explosé.

L'inspecteur reconnut qu'il y avait là un faisceau d'éléments accablants, mais il lui fut impossible d'établir la culpabilité de Marshall.

William Raylor n'eut guère plus de chance avec Ernest Truax. Celui-ci avait pourtant un mobile valable pour tuer Libby Pittman. En outre, Raylor avait trouvé dans l'agenda de Libby une petite note à la date du meurtre : *Truax 20 heures.*

L'institut médico-légal avait définitivement fixé l'heure du crime entre dix-huit heures et minuit. Or, de toute la soirée, Ernest Truax n'avait pas quitté son domicile, situé à quelque huit kilomètres de chez les Pittman. Il disposait d'une foule de témoins pour confirmer ses dires. Truax donnait en effet une réception ; elle avait commencé à dix-sept heures trente et s'était poursuivie jusqu'à une heure du matin. Tout un chacun assura l'inspecteur Raylor que Truax ne s'était jamais absenté pendant un laps de temps assez long pour lui permettre de se rendre chez les Pittman et d'en revenir. Nul ne put toutefois préciser où il se trouvait à chaque seconde de la soirée. Truax fut interrogé sur la signification de la note inscrite par Libby dans son agenda — « Truax vingt heures ». Il réfléchit un instant et expliqua que Libby lui avait téléphoné à cette heure-là parce qu'elle désirait s'entretenir avec lui le lendemain.

L'inspecteur Raylor ne parvint donc pas à prouver la culpabilité de son principal suspect.

2

L'inspecteur Raylor avait interrogé tous les voisins du couple durant son enquête. La maison de George et de Libby Pittman était assez isolée. Leur voisine la plus proche, Mlle Agnès Ellsworth, habitait à une centaine de mètres. Cette femme fournit à la police diverses pistes possibles ainsi qu'un nombre égal de maux de tête.

Raylor avait rendu visite à Agnès Ellsworth dès le premier jour de l'enquête. La dame paraissait posséder une connaissance encyclopédique de la vie de George et de Libby.

« Quelle tragédie ! » se lamenta-t-elle lorsque Raylor lui annonça ce qui était advenu chez les Pittman. « Mais, ils étaient toujours tellement *affairés...* Je suppose qu'il était inévitable que quelque malheur leur arrive. »

Cette remarque intrigua l'inspecteur Raylor, mais son expérience des interrogatoires lui avait appris que les témoins faisaient souvent des commentaires qui dépassaient leurs pensées, lors de leur premier contact avec la police. Ils étaient généralement mal à l'aise si on revenait sur la question.

Aussi Raylor ne demanda-t-il pas immédiatement d'explication. Il s'efforça plutôt de jauger son interlocutrice.

Agnès Ellsworth était une femme de taille moyenne, aux cheveux blancs, au visage souriant et au teint rougeaud. Ses yeux verts pétillaient toujours ; Raylor eut le sentiment qu'il s'agissait d'une vieille fille issue d'une famille autrefois nantie. Ses deux suppositions s'avérèrent correctes.

Sa maison était propre, impeccablement tenue — Raylor jugea sage de ranger sa pipe. Un magnifique parterre de roses s'étalait devant les fenêtres de la véranda dans laquelle ils s'entretenaient.

« Je ne connaissais pas très bien les Pittman », dit Agnès Ellsworth, « mais il y avait tant d'allées et venues — surtout ces derniers jours — que je me suis dit qu'il devait se tramer là-bas quelque chose de pas très catholique. » Elle regarda Raylor les yeux brillants et ajouta : « Et maintenant, vous venez m'apprendre qu'il y a eu un meurtre. Bon sang ! »

Le lieutenant jeta un regard par la fenêtre et demanda : « Vous dites que vous voyiez les allées et venues des Pittman. On distingue si bien leur maison d'ici ? »

Mlle Ellsworth dodelina de la tête. « Je vais vous montrer comment j'observe mes voisins et... n'allez pas vous imaginer que je suis une fouineuse. » Elle s'arrêta un instant pour observer l'inspecteur du coin de l'œil, mais le visage de ce dernier était indéchiffrable. Elle le conduisit au second étage dans une pièce spacieuse : « Ma chambre », commenta-t-elle.

Elle se dirigea, sans même ralentir le pas, vers une fenêtre sur l'appui de laquelle reposait une paire de jumelles puissantes. Elle s'en saisit, regarda à travers, puis les tendit au policier. « Voyez vous-même », dit-elle simplement.

Raylor fut stupéfait de constater à quel point la maison des Pittman semblait soudain proche. Cet espionnage ne culpabilisait pas Mlle Ellsworth : « J'ai lu dans les journaux que certains départements de la police encourageaient les citoyens à surveiller leur voisinage ; il paraît qu'ils fournissent même les jumelles. C'est ce qui m'a donné cette idée. Je me suis dit qu'il fallait que quelqu'un protège les environs. »

« Parfait », dit Raylor, qui ne put résister, cette fois, à l'envie de sortir sa pipe. Il ne céda cependant pas à la tentation de l'allumer. « Dites-moi maintenant si vous avez observé quelque chose de particulier chez les Pittman la nuit du meurtre ? »

« Non, je n'observais pas la maison à ce moment-là. Vous pouvez être certain que j'aurais prêté plus attention à ce qui se passait si j'avais su qu'on tuait Mme Pittman. »

« J'en suis convaincu », acquiesça le lieutenant. Il se décida enfin à revenir sur la déclaration précédente de la dame selon laquelle les Pittman étaient « tellement affairés » qu'il était inévitable qu'un malheur leur arrive.

Elle expliqua que les Pittman menaient une vie relativement calme et routinière. Ils passaient presque toutes leurs soirées chez eux et ils rentraient généralement tôt — « presque toujours à la même heure ». Ils ne recevaient guère.

« Mais ces derniers jours », dit-elle, « j'ai remarqué qu'un homme leur rendait visite. En fait, il venait voir Mme Pittman chaque après-midi, quand elle rentrait chez elle. Cet homme partait ensuite et elle quittait la maison peu de temps après lui. »

L'inspecteur ne savait que penser de cela. Il demanda néanmoins à Mlle Ellsworth de lui décrire l'homme.

Elle lui fournit une description pour le moins imprécise qu'il nota dans son carnet. Il la remercia ensuite de son aide et lui demanda de lui téléphoner si elle se souvenait de détails nouveaux ou de faits particuliers.

« Oh, rassurez-vous, je n'y manquerai pas », dit-elle ravie. « Comme c'est excitant ! J'ai l'impression d'être presque un détective moi-même. Quelque chose comme le Dr Watson de Sherlock Holmes. »

L'inspecteur Raylor la remercia pour la comparaison et prit congé. Il ne tarderait pas à découvrir à quel point Mlle Ellsworth prenait au sérieux son rôle d' « auxiliaire ».

Elle lui téléphonait presque tous les jours pour lui suggérer une théorie nouvelle ; Libby Pittman avait entretenu une liaison avec l'homme qui lui rendait visite l'après-midi. La femme de l'homme en avait eu vent et l'avait tuée ou l'avait fait tuer. George Pittman avait découvert le pot aux roses et l'avait tuée ou l'avait fait tuer.

L'inspecteur Raylor suivit les différentes pistes proposées par Mlle Ellsworth mais toutes les belles théories de la vieille fille s'évanouirent lorsqu'il découvrit — d'après sa description — que le mystérieux visiteur de l'après-midi n'était autre que B. J. Grieg, le détective privé de la famille Robins. George Pittman était d'autre part au courant de ces visites. Raylor interrogea Grieg ; le privé déclara que Libby Pittman avait fait appel à ses services pour surveiller Ernest Truax, l'homme contre lequel elle devait témoigner. Grieg ne possédait aucune information concernant Truax susceptible d'en faire un suspect.

Raylor ne se contenta pas d'interroger Truax, il eut également plusieurs entretiens avec Paul Bryce. Ce dernier avait participé à la soirée donnée par Truax. Il disposait lui aussi d'une foule de témoins pour affirmer qu'il n'avait pas quitté les lieux pendant le laps de temps durant lequel Libby Pittman avait été tuée. Il convenait donc de le rayer de la liste des suspects.

L'inspecteur Raylor découvrit, dix jours plus tard, un fait nouveau qui lui fit espérer que le mystère était sur le point d'être résolu. Un cambrioleur fut arrêté alors qu'il dévalisait une maison à quelques kilomètres de la résidence des Pittman. Il s'agissait d'un ancien détenu de trente-cinq ans, Tony Spadua. Les policiers étaient convaincus qu'il était l'auteur de la série de cambriolages ayant eu lieu dans le quartier et ils le « cuisinèrent » afin de lui faire avouer le meurtre de Libby.

L'inspecteur convoqua Mlle Ellsworth et lui présenta une file d'individus parmi lesquels se trouvait Tony Spadua. Elle le désigna comme étant l'homme qu'elle avait vu rôder autour de la maison des Pittman les jours qui précédèrent le meurtre. Malheureusement, elle désigna également un deuxième homme qui était en fait un officier de police. Raylor ne pouvait donc se fier à son identification de Tony Spadua.

Les policiers essayèrent pourtant d'établir un lien entre Spadua et le meurtre de Libby Pittman. Raylor, et plusieurs inspecteurs, interrogèrent sans relâche l'ancien détenu. Raylor éprouva à plusieurs reprises le sentiment que Spadua allait passer aux aveux.

Cette piste tourna malheureusement court puisqu'un matin on retrouva Tony Spadua mort dans sa cellule ; il s'était ouvert les poignets.

L'intuition de William Raylor lui dictait que le meurtrier de Libby Pittman avait délibérément brouillé les pistes en simulant un cambriolage pour détourner les soupçons. Mais rien ne lui permettait de découvrir l'identité réelle du tueur. C'est la raison pour laquelle l'enquête n'aboutit pas.

*
* *

George Pittman conçut une pierre tombale pour Libby qui repose désormais dans le petit cimetière de la vallée de Green Spring.

Quelques jours après l'inhumation de sa femme, George Pittman annonça qu'il créerait et construirait lui-même un monument funéraire pour la famille Robins. Il souhaitait que celui-ci — qui serait placé dans le cimetière de Green Spring — abrite divers objets ayant appartenu aux membres défunts de la famille à l'instar d'une pyramide égyptienne. Le monument honorerait ainsi l'ensemble des disparus, y compris ceux dont le corps n'avait pas été retrouvé.

Evelyn et Marshall rendirent visite à George alors qu'il travaillait à la conception de son projet. Il s'agirait d'une gigantesque sphère creuse en béton, recouverte de marbre. George avait décidé qu'il mènerait à bien cette entreprise sans l'aide de quiconque.

Evelyn considérait que la tâche à laquelle George

s'attelait avait un côté morbide indéniable. Elle se garda cependant d'émettre le moindre commentaire, supposant qu'il s'agissait aussi pour lui d'un moyen d'apaiser son chagrin.

CHAPITRE VI

1

Ils étaient dix sur une île : l'hôte, John Forbes, Evelyn Robins et Julian Shields, Marshall, George Pittman, Geneviève, la veuve de James Robins, Alfred et Dorina, les serviteurs des Robins et deux invités surprise.

Le Dr John Forbes avait découvert l'île lors d'un précédent voyage dans la région. Il avait loué pour un mois la seule habitation : un château en pierre de taille. Cette sorte de forteresse se dressait au centre de l'île et surplombait la mer. Le château comptait pléthore de chambres et un escalier en colimaçon montait jusqu'à une tourelle.

Evelyn Robins et Julian Shields avaient annoncé leur intention de se marier prochainement. Ils avaient passé beaucoup de temps à gérer les affaires de la *Robins Cosmetics* depuis la mort de Tyler. Pourtant, cette nouvelle avait suscité la surprise. John Forbes, qui avait sans doute pressenti l'événement, l'avait apparemment accepté de bonne grâce. Il avait décidé de réunir tout le monde sur l'île. Ces vacances seraient son cadeau de fiançailles pour ses amis.

Ils étaient arrivés tous ensemble sur l'île. La vedette qui les avait débarqués devait revenir tous les trois jours pour les ravitailler et éventuellement raccompagner à terre quiconque désirerait écourter son séjour.

John avait fait mettre la maison en ordre par des autochtones avant leur arrivée. Il était prévu que Dorina et Alfred se chargent de l'entretien et de la cuisine.

« C'est un endroit merveilleux, si paisible », s'était exclamée Evelyn en embrassant John sur la joue. « Vous êtes tellement gentil d'avoir organisé ce séjour. »

Le point de vue de Marshall était quelque peu différent, ainsi qu'il le confia en plaisantant à Geneviève : « On dirait le château du comte Dracula. »

L'endroit avait en effet un aspect relativement sinistre et peu engageant la nuit. Ses dizaines de chambres fermées et silencieuses et l'escalier, qui serpentait depuis le premier étage jusqu'à la tourelle, conféraient à l'ensemble une allure inquiétante.

L'île était cependant baignée de soleil, le ciel dégagé de tout nuage et les flots scintillaient durant la journée.

Les invités du Dr Forbes partageaient leur temps entre les bains de soleil et les bains de mer, la lecture et les repas trop copieux. Ils occupaient leurs soirées en regardant des films projetés par Alfred ou en se livrant à des jeux de société. Evelyn et Julian se promenaient souvent dans l'île main dans la main comme des adolescents.

Peu de temps après le début du séjour, chacun put s'apercevoir que Marshall et Geneviève, la veuve de James, s'étaient épris l'un de l'autre. Le divorce de Marshall et de Paméla avait été prononcé un mois plus tôt. Geneviève avait laissé son bébé en France.

Evelyn voyait d'un mauvais œil la relation qui s'amorçait entre son fils et sa belle-fille. Elle exprima son mécontentement à Marshall et lui suggéra même de rentrer chez lui, mais celui-ci refusa de suivre ses conseils.

Marshall avait d'autres raisons d'être soucieux. L'une concernait la tension qui s'était installée entre lui et

108

George Pittman. Marshall l'avait ressentie pour la première fois après le meurtre de Libby, mais George n'avait jamais exprimé clairement la cause de son animosité à l'égard du dernier des enfants Robins.

L'autre concernait le prochain mariage de sa mère avec Julian Shields. Il confia ses inquiétudes à John Forbes.

« Je crois que ce qui se passe entre ma mère et Julian est trop soudain », expliqua Marshall. « Je sais maintenant qu'il a l'intention de reprendre la direction de la *Robins Cosmetics* dès qu'ils seront mariés. En fait, il s'est déjà arrangé pour qu'elle lui délègue tous les pouvoirs. Je crains qu'il ne soit qu'un triste arriviste. »

« Etes-vous inquiet pour votre mère ou pour la société ? », demanda John de manière abrupte.

« Pour les deux », répondit Marshall candidement.

John hocha la tête. « Voilà une réponse honnête. Vous êtes-vous déjà ouvert de vos inquiétudes à votre mère ? »

Marshall eut un triste sourire. « A quoi bon ? Elle est furieuse envers moi à cause de mes sentiments pour Geneviève. »

« Votre mère est une personne romantique. Mais je crois, malheureusement, que vous vous trompez sur le compte de Julian. Je dis " malheureusement " parce que, si vous aviez raison, j'aurais encore toutes mes chances auprès de votre mère. Je crois pour ma part qu'ils sont éperdument et sincèrement amoureux l'un de l'autre et je suis le premier à le déplorer. »

Il y avait deux invités surprise de John Forbes pour distraire la compagnie : Joachim, le magicien, et son assistante, Genet — le curieux couple qui se trouvait à bord de l'Orient-Express au moment de l'assassinat de Cynthia.

Lorsque l'idée de ces vacances avait germé en lui, John Forbes avait recherché le magicien et son assistante. Il les avait trouvés entre deux engagements et leur avait proposé de venir se produire pendant quelques jours sur l'île.

Chacun constata que John Forbes s'était, semblait-il, épris de la jeune Eurasienne. Il profitait de toutes les occasions pour être en sa compagnie. Genet était une véritable beauté. Elle ne paraissait pas indifférente au charme du docteur. Evelyn avait remarqué que Joachim ne voyait pas d'un bon œil l'idylle naissant entre son assistante et le Dr Forbes. Celui-ci ne prêtait toutefois pas attention aux sentiments du vieux magicien.

Le soir venu, tous les invités se rassemblèrent dans le salon pour assister au spectacle de Joachim. Les chaises étaient disposées en cercle au centre duquel Genet installa une petite estrade ainsi qu'une table recouverte d'une nappe. Elle braqua ensuite un projecteur sur l'estrade et les regards convergèrent vers ce point.

Lorsque les préparatifs furent terminés, Joachim fit son entrée et se plaça sur la petite estrade.

Il portait un smoking sur lequel il avait jeté une longue cape noire ornée d'un liséré rouge. La jeune fille se tenait près de lui, vêtue d'une longue robe noire. Elle portait autour du cou un collier de diamants qui réfléchissait la lumière en scintillant. Une aura fascinante se dégageait des deux personnages.

Joachim s'inclina devant son auditoire puis leva les mains ; ses longs doigts élégants s'animèrent dans l'air. Genet traduisit son message.

« Joachim dit : c'est un grand plaisir pour lui de vous présenter son numéro ce soir. Il dit : la magie que vous allez voir est comme la vie... tout n'est qu'illusion. Il vous remercie de votre attention. »

Le magicien retira sa cape ; la plaça sur la table et ses doigts continuèrent à « parler » rapidement tandis que la jeune fille demandait si quelqu'un dans la salle voulait lui donner l'un des livres qui se trouvait sur une étagère près de la cheminée.

Evelyn alla jusqu'à la bibliothèque, prit un livre et le

tendit à Joachim. Le magicien s'en saisit, le feuilleta pour montrer qu'il n'y avait rien de dissimulé à l'intérieur et le donna à Genet. Elle tint le livre, il prit la cape, la fit virevolter dans les airs et la laissa retomber sur le sol tandis que sa main plongeait dans l'obscurité au-dessus de la lumière du projecteur pour en ramener une rose rouge qui semblait s'être matérialisée sous les yeux des spectateurs.

Il retira le livre des mains de la jeune fille, le posa sur la table, l'ouvrit, plaça la rose entre les pages et le referma. Il fit à nouveau virevolter la cape — au-dessus du livre cette fois — et chacun constata que la rose avait disparu. Genet rendit le livre à Evelyn en disant : « Il demande que vous le teniez. »

Une fois de plus les doigts de Joachim s'animèrent et Genet traduisit : « Maintenant, madame, voulez-vous désigner une page ? »

Evelyn acquiesça et dit : « Page quarante-cinq. »

« Joachim demande que vous ouvriez le livre à cette page », poursuivit Genet.

Evelyn ouvrit le livre à la page annoncée et poussa une exclamation extasiée en y découvrant un pétale de rose.

Le livre passa ainsi de l'un à l'autre ; chacun choisit un numéro de page avant de recevoir le livre et découvrit à la page annoncée un pétale de rose.

Le groupe applaudit chaleureusement Joachim et Genet.

Le magicien continua pendant une heure à créer ses illusions qui tenaient toute l'assistance en émoi ; il y eut en particulier trois tours de magie absolument sidérant.

Joachim prit pour le premier un jeu de cartes et le lança dans les airs bien au-dessus de la lumière du projecteur. Genet demanda à l'un des spectateurs d'appeler une carte dès que celles-ci furent hors de vue.

Marshall fut le premier à parler : « La reine de pique », dit-il d'une voix forte.

Les assistants aperçurent une carte unique descendre

des ténèbres au-dessus de leurs têtes : c'était la dame de pique.

Un profond silence régna dans la salle pendant un instant ; chacun s'attendait à voir retomber les autres cartes. Ils éclatèrent de rire et applaudirent lorsqu'ils comprirent finalement qu'aucune carte ne tomberait plus.

Dans un numéro encore plus impressionnant, Joachim demanda à John Forbes de monter sur l'estrade et de s'installer sur une chaise à dos droit. Genet, qui s'était éclipsée, revint avec un long sabre étincelant qu'elle passa à Joachim. Le magicien tint le sabre d'une main et de l'autre, il prit sa cape et en recouvrit John Forbes. L'audience poussa un cri d'angoisse. A peine la cape était-elle retombée sur le docteur que Joachim leva le sabre et le plongea dans la cape. La lame transperça le dossier de la chaise.

Joachim agissant avec promptitude releva les bords de la cape et montra la lame du sabre qui transperçait les os d'un squelette. Un nouveau cri d'effroi s'échappa de l'assistance.

Joachim salua son auditoire, se tourna, fit voler la cape au-dessus de la chaise, retira le sabre et John Forbes apparut assis sur la chaise ; il clignait des yeux. Le magicien déplia la cape, l'exhiba devant son public qui constata ainsi qu'il n'y avait pas le moindre trou. Les applaudissements redoublèrent. Par la suite, lorsqu'on demanda à John Forbes comment le truc avait été réalisé — où avait-il été emmené au moment où le squelette l'avait remplacé — il prétendit n'en avoir aucune idée. Il se contenta de secouer la tête en proie à un étonnement apparemment sincère et expliqua qu'il ne se souvenait de rien de ce qui était advenu, qu'il avait été en quelque sorte hypnotisé. Il ajouta qu'il se demandait si Joachim n'était pas en réalité un véritable alchimiste. Personne n'accorda crédit à ses paroles, chacun s'imaginant qu'il ne voulait pas révéler le secret du magicien.

Le troisième numéro de magie que présenta Joachim et qui stupéfia le groupe était également le dernier de la soirée. Cette fois, il fit voler sa cape d'avant en arrière, face à l'assistance et, l'un après l'autre, des ballons de toutes les couleurs et parfaitement gonflés s'en échappèrent et s'envolèrent dans les airs. Le groupe, enchanté, applaudit jusqu'à ce que Genet remette l'électricité qui inonda ainsi un salon rempli de ballons de toutes les couleurs. Ils étaient tous captivés par cette merveilleuse conclusion à la performance du magicien.

Après avoir à nouveau salué, Joachim leva une fois encore les mains, ses doigts s'animèrent et Genet traduisit aussitôt ses gestes en paroles.

« Joachim dit que vous devez profiter de la magie de la vie. Merci. »

Tout le monde se leva et vint entourer le magicien et son assistante afin de les féliciter.

John Forbes était ravi du succès de sa soirée.

2

Evelyn décida le lendemain de profiter de la venue de la vedette pour aller à terre faire du shopping. Julian l'accompagna.

Lors du retour des deux futurs époux, en début de soirée, une tempête s'était levée. Une pluie lourde tombait, de fortes bourrasques balayaient l'île et des lames démontées se brisaient sur le rivage. Après avoir déposé Evelyn et Julian à bon port, la vedette repartit rapidement avant que la tempête ne s'aggrave. Evelyn et Julian étaient chargés de paquets renfermant leurs achats, y compris une somptueuse paire de boutons de manchettes destinée à John Forbes.

La joie qu'Evelyn et Julian éprouvaient d'avoir

échappé à la tempête fut de courte durée. On leur annonça en effet un nouveau mystère : John Forbes avait disparu depuis le milieu de la matinée. Les recherches entreprises par les autres pour le retrouver s'étaient avérées inutiles.

Marshall semblait avoir pris la direction des opérations, mais Julian étant de retour, il sentait que ce rôle n'allait pas tarder à lui échapper. Il se mordilla les lèvres et expliqua inquiet :

« Nous avons fouillé toute l'île. J'ignore où il peut être. John ne disposait d'aucun moyen de la quitter. Nul bateau n'a accosté à l'exception de celui que vous avez pris ce matin. »

« Avez-vous fouillé la maison ? » demanda Julian. L'intuition de Marshall se confirmait déjà.

« Nous n'avons pas regardé partout », répondit-il. « Comme vous le savez plusieurs chambres sont fermées aux étages supérieurs. Nous avons frappé à toutes les portes de ces chambres et nous avons appelé. Il nous aurait répondu s'il avait été dans l'une d'elles. Mais que serait-il allé y faire ? Nous avons regardé dans toutes les autres pièces. »

« Bien », dit Julian sombre, « nous allons devoir forcer les portes des chambres condamnées. Nous le découvrirons s'il se trouve dans l'une d'elles. Nous ne pouvons rien faire d'autre de toute façon, puisque la vedette ne reviendra que dans trois jours. »

Julian avait déjà la situation en main.

Les hommes se préparèrent à forcer les portes des chambres. Evelyn, soucieuse, alla se changer dans la sienne. En ouvrant sa commode pour y prendre un chemisier, elle aperçut son journal intime d'où dépassait une feuille de papier.

Elle la saisit submergée par une vague d'appréhension, et la déplia en tremblant.

Le message, entièrement dactylographié, disait :

114

Chère Evelyn,

J'écris ce mot afin de vous dire adieu.
Je n'en dirai pas plus. J'ai décidé de mettre fin à mes jours.

John Elliot Forbes.

Evelyn partit à la recherche des autres pour leur montrer le message de John.

« Je ne puis croire que John se soit suicidé. Oh, il n'aurait jamais fait une chose pareille ! Ce doit être une plaisanterie, une sorte de jeu... »

« Mon dieu », dit Julian, en hochant la tête. « C'est terrible. Nous devons prévenir la police aussitôt que possible. Je suggère de laisser passer la nuit ; demain nous essayerons d'attirer l'attention d'un bateau pour adresser un message aux autorités. »

La tempête s'aggrava peu de temps après et l'île fut bientôt privée d'électricité. Chacun convint qu'il serait vain de fouiller la maison dans l'obscurité et qu'il valait mieux attendre le lendemain en espérant qu'il serait possible d'avertir la police.

Personne n'avait d'appétit ce soir-là et, après avoir passé un moment dans le living à la lueur lugubre des chandeliers, chacun regagna sa chambre.

Evelyn essaya d'écrire dans son journal :

Je ne sais que penser ni que dire — John, John, Pourquoi ? Pourquoi ? Pourquoi, John ? Je suis tellement désolée.

La tempête était calmée le lendemain matin et, dès qu'ils furent levés, tous se séparèrent pour scruter anxieusement la mer dans l'espoir d'apercevoir un bateau.

Peu avant midi, Alfred capta l'attention des passagers d'un petit yacht qui croisait non loin du rivage. Il réussit après force gestes et cris à leur transmettre un message de détresse. Les gens du yacht — un couple d'Anglais en

villégiature — firent mettre un canot à l'eau et envoyè-
rent deux hommes d'équipage. Julian leur expliqua ce
qui s'était passé et leur demanda de prévenir la police.
Les hommes lui assurèrent qu'ils feraient le nécessaire.

Chacun sur l'île attendait l'arrivée de la police. Evelyn
était très agitée ; elle commença à errer dans les couloirs
de la vieille bâtisse et se retrouva bientôt au sommet de
la tourelle. Sa position lui permettait d'observer le large
de tout côté.

Son regard fut alors attiré par une inscription sur une
pierre du mur de la tourelle. Ce n'était qu'une phrase
courte qui, selon elle, avait dû être gravée par quelque
ancien propriétaire de la vieille bâtisse :

TO ETTITI MOY

Alors qu'elle se penchait en avant pour essayer de
déchiffrer l'inscription, on lui assena un coup violent
dans le dos. Elle cria et hurla alors que son corps
basculait par-dessus le parapet encerclant la tourelle, et
se mit à tomber, tomber... dans le vide.

Geneviève se dirigeait vers la mer lorsqu'elle entendit
le premier cri déchirant d'Evelyn. Elle se retourna juste
à temps pour voir le corps de sa belle-mère tomber du
haut de la tour. Elle demeura pétrifiée par l'horreur en
observant la chute. Le corps s'écrasa violemment à terre.

Geneviève appela à l'aide et se précipita vers l'endroit
où s'était écrasée Evelyn, espérant contre toute attente
qu'elle soit encore en vie. Après une telle chute, Evelyn
était bien évidemment morte sur le coup.

Tous ceux qui se trouvaient à ce moment-là à l'intérieur de la bâtisse se précipitèrent à l'extérieur attirés par
les cris de Geneviève. Dès qu'ils comprirent qu'Evelyn
était bel et bien morte et qu'ils ne pouvaient plus rien
faire pour elle, ils s'éloignèrent. Seul Julian resta à ses
côtés, la tête baissée.

Les policiers ayant déjà été appelés ne tardèrent pas à

arriver sur l'île. Ils s'imaginaient avoir à s'occuper d'un suicide et ils découvraient un cadavre de plus. Ils traitèrent néanmoins les deux cas de manière quelque peu superficielle. Il était évident qu'ils n'étaient guère intéressés par le sort de ces étrangers qui semaient la pagaille dans la région en se suicidant ou en tombant du haut d'une tour.

Ils enregistrèrent la déposition de Geneviève puisqu'elle avait assisté à la chute d'Evelyn. Les autres durent en outre préciser où ils se trouvaient au moment de la chute. Cet interrogatoire ne mena nulle part. Tout le monde affirma s'être trouvé dans sa chambre et donc tout ignorer de ce qui se passait dans la tour. Qui plus est, Geneviève ayant déclaré que — pour autant qu'elle ait pu voir — sa belle-mère était seule dans la tourelle, la police conclut que le décès d'Evelyn était dû à une chute accidentelle. L'affaire ne tarda pas à être classée.

Les policiers, ayant lu la note de John Forbes annonçant son suicide, entreprirent de fouiller la maison à la recherche du corps du médecin. Ils ne l'avaient toujours pas trouvé au coucher du soleil. Ils remirent donc leurs recherches au lendemain.

La police était toujours sur l'île lorsque décision fut prise de ne pas y demeurer plus longtemps. Tous firent donc leurs bagages et regagnèrent la terre dans la vedette des policiers qui emmenaient le corps d'Evelyn pour lui faire subir une autopsie. Joachim et Genet prirent aussitôt le train pour Paris tandis que les autres s'installaient à l'hôtel.

Quelques jours passèrent avant que les policiers annoncent qu'ils avaient finalement retrouvé le corps de John Forbes dans un cellier. Il s'était pendu.

La police confia le corps d'Evelyn à la famille. Le rapport d'autopsie confirmait qu'elle avait succombé aux blessures provoquées par sa chute. Evelyn fut inhumée dans le petit cimetière de la vallée de Green Spring, dans le Maryland.

La police garda le corps de John Forbes à fin d'autopsie. Après avoir établi qu'il était effectivement mort étranglé, elle envoya son corps dans son village natal, en Illinois, où sa sœur se chargea des funérailles.

CHAPITRE VII

1

Après la mort d'Evelyn, Marshall — le dernier survivant de la famille Robins — s'installa à Greenlawn. Il se rendait fréquemment au siège de la *Robins Cosmetics* à New York ou dans les laboratoires du New Jersey. Il était désormais le président de la société mais devait s'en remettre de plus en plus à Julian Shields pour la direction des opérations.

Alfred et Dorina étaient aussi à Greenlawn, au service de Marshall. Geneviève avait séjourné quelque temps dans la propriété après les funérailles d'Evelyn mais elle était retournée à Paris.

A dater de ce moment Marshall mena une vie quelque peu solitaire et il sembla de plus en plus perdu dans ses pensées.

Il se produisit un autre incident curieux qui laissa penser que la fatalité s'était également acharnée sur le dernier des Robins. Tôt, un matin d'automne, la voiture de Marshall Robins, une Bentley, fut retrouvée renversée dans un fossé le long d'une route de campagne à une vingtaine de kilomètres de Greenlawn. Un routier découvrit le véhicule et utilisa une radio CB pour prévenir la police.

Les policiers se rendirent sur les lieux du drame. Ils ne trouvèrent aucune trace de Marshall mais ils remarquèrent dans les vitres de la voiture deux trous, qui avaient sans doute été produits par des balles de revolver. Un point d'impact sur la vitre arrière et un autre sur la vitre du côté du conducteur. Lorsque les techniciens du laboratoire de la police et les inspecteurs de la brigade des homicides arrivèrent sur place, ils confirmèrent cette supposition. On ne trouva pas de trace de sang à l'intérieur de la voiture, pas plus d'ailleurs qu'à l'extérieur.

Cette fois, ce fut un capitaine de la brigade des homicides de la police d'état qui fut chargé de mener l'enquête. Il s'appelait Waltham. Le sergent Horgan, qui avait enquêté en son temps sur le meurtre de James Robins à Greenlawn, fut chargé de l'assister. Waltham était un homme de taille et de stature moyenne ; il était âgé d'une quarantaine d'années. C'était un homme solide, impatient et exigeant.

« Je veux que ce cas soit résolu », annonça-t-il dès qu'il vit la voiture et apprit qu'elle appartenait à Marshall Robins. « Les membres de cette famille se sont fait descendre les uns après les autres et personne n'a jamais été capable de déterminer qui les avait tués, quand, où, comment ni pourquoi. Cette fois, je veux des réponses et je suis bien décidé à faire ce qu'il faut pour les obtenir. »

Sur ces mots, Waltham, accompagné du sergent Horgan et de plusieurs policiers, se rendit à Greenlawn.

Alfred et Dorina furent choqués en apprenant qu'on avait retrouvé la voiture de Marshall criblée de balles et que leur maître avait disparu.

« Tout ce que nous pouvons dire », expliqua Alfred au capitaine Waltham, « c'est que M. Marshall était à New York depuis quelques jours et que le drame a dû se dérouler alors qu'il revenait de l'aéroport. M. Robins arrivait souvent sans prévenir, il m'est donc impossible de vous dire quand il a quitté l'aéroport, hier soir ou ce matin. »

La police resta à Greenlawn le temps de passer plusieurs coups de téléphone afin de reconstituer l'emploi du temps du disparu au cours des dernières vingt-quatre heures. Au siège de la *Robins Cosmetics,* on leur confirma que Marshall avait bien passé la journée précédente à New York. Le capitaine de la brigade des homicides appela Julian Shields qui lui apprit que Marshall avait manifesté l'intention de quitter la ville la veille au soir pour rentrer à Greenlawn. Julian annonça qu'il ne tarderait pas à se rendre dans la propriété du Maryland. Il désirait être sur place en tant qu'avocat de la famille Robins.

Un appel téléphonique à l'aéroport local confirma que Marshall Robins était bien arrivé la veille vers minuit dans un petit avion privé — l'aéroport était situé à près de quarante kilomètres de la propriété. Marshall y laissait toujours sa voiture sur le parking lorsqu'il se rendait à New York. Plusieurs témoins affirmaient l'avoir vu quitter l'aéroport au volant de sa Bentley peu après minuit.

Le capitaine Waltham téléphona au quartier général et demanda qu'on lance un avis de recherche. Le maître d'hôtel confia à la police une photo du disparu afin qu'elle soit diffusée par la presse et par la télévision.

Waltham avait interrogé Alfred et Dorina dans le salon et s'apprêtait à quitter les lieux lorsque le sergent Horgan entra. Il s'était rendu dans la bibliothèque où James avait été abattu. Il avait pensé au râtelier qu'il avait vu lors de sa première visite à la propriété. A son retour, il entraîna Waltham à l'écart et lui apprit qu'une des armes manquait.

Le capitaine et Horgan se rendirent à la bibliothèque accompagnés d'Alfred et de Dorina. Il y avait effectivement un emplacement vide dans le meuble.

« Que savez-vous à ce propos ? » demanda Waltham en se tournant vers Alfred.

« Rien, Monsieur, absolument rien », répondit Alfred en secouant la tête.

« Il manque bien une arme, n'est-ce pas ? » Le capitaine fit un pas vers Alfred.

« Oui, il me semble », reconnut Alfred. « Oui, cette étagère était toujours pleine. Mais, je ne sais rien... »

Waltham se tourna brusquement vers Dorina. « Et vous ? Avez-vous remarqué la disparition de cette arme ? »

Dorina recula, effrayée.

« Capitaine », intervint Alfred rapidement, « elle n'aurait pas pu la remarquer ; elle ne s'approche jamais des armes. Elle en a peur. »

Waltham regarda Alfred un moment puis poursuivit.

« Très bien. Une arme a disparu. Quelqu'un l'a prise. Et quelqu'un a tiré sur la voiture de M. Robins. » Il pointa son index en direction du maître d'hôtel. « Avez-vous quitté la maison tard hier soir ou tôt ce matin ? »

Alfred était, lui aussi, franchement terrorisé à présent. « Je... », commença-t-il d'une voix mal assurée puis il s'arrêta.

Waltham réitéra sa question.

Alfred regarda nerveusement le capitaine puis le sergent. « Je... oui. Je suis allé à la station-service tôt ce matin pour faire le plein de la Volkswagen. Hier soir, Dorina m'a rappelé que nous devions aller faire le marché aujourd'hui. »

Waltham lui lança un regard glacial ; il ne semblait pas éprouver une once de sympathie pour le maître d'hôtel. « Vous dites que c'était tôt ce matin ? Quelle heure ? »

« Environ... environ sept heures », répondit Alfred.

« Je vous ai dit où on avait retrouvé le véhicule de M. Robins, » insista le capitaine. « A quelle distance se trouve le poste à essence ? »

L'inquiétude marquait les traits d'Alfred.

« A peu près... à peu près quatre ou cinq kilomètres, je crois. D'après ce que vous m'avez dit, la voiture de M. Robins a été retrouvée à quatre ou cinq kilomètres au-delà de la station-service. »

« Je vois ! » intervint Waltham, puis prenant rapidement une décision, il ajouta : « J'aimerais que vous m'accompagniez au poste afin que nous recueillions votre déposition et que vous puissiez la signer. »

« Non ! » s'écria Dorina.

Alfred la réconforta : « Tout ira bien, Dorina. Je ne serai pas long. Tout ira bien, tu verras. » Il regarda Waltham puis Horgan et dit à sa femme : « Si je ne suis pas de retour lorsque M. Shields arrivera, raconte-lui ce qui s'est passé et demande-lui de venir m'aider. »

Les policiers quittèrent la maison et montèrent dans une voiture de patrouille, accompagnés d'Alfred.

Au poste de police, le maître d'hôtel fut conduit dans la salle d'interrogatoire. Le capitaine Waltham continua à l'interroger, non seulement à propos des récents événements mais aussi à propos des autres décès mystérieux des membres de la famille Robins. Alfred répétait sans cesse qu'il avait dit la vérité sur son emploi du temps du matin et qu'il ne savait rien sur les autres meurtres que la police ne sache déjà.

En dépit des dénégations du maître d'hôtel, Waltham poursuivit l'interrogatoire jusqu'à l'arrivée de Julian Shields en début de soirée.

L'avocat prit aussitôt la défense d'Alfred : « Ecoutez, capitaine, vous n'avez aucun droit de détenir plus longtemps cet homme et de le malmener ainsi que vous le faites depuis ce matin. Je vous demande maintenant de le relâcher. »

« Bien sûr », dit Waltham d'un ton doucereux. « Je le questionnais seulement en tant que témoin. Maintenant, s'il lit et signe sa déposition, il est libre de partir. »

« Parfait », coupa Julian Shields.

Alfred, soulagé, alla se rafraîchir pendant que Waltham donnait ses notes à un huissier afin qu'il les tape. Le capitaine revint ensuite dans la salle d'interrogatoire afin de s'entretenir en tête à tête avec l'avocat des Robins.

« M. Shields », dit Waltham, « je suppose que vous êtes aussi soucieux que tous les services de police du monde d'éclaircir les mystères des meurtres des membres de la famille Robins. »

« Cela va de soi », dit Julian froidement. « Mais, je suis également l'avocat de la famille et il est de mon devoir de veiller à ce que leurs intérêts — et ceux de leurs proches — soient respectés. »

Le capitaine sourcilla. « Ne croyez-vous pas qu'il soit plausible d'envisager l'hypothèse selon laquelle Alfred Wales détiendrait la clé de tous ces meurtres ? »

« Allons, voyons », intervint Julian avec impatience. « Vous ne voulez pas dire que vous croyez sérieusement qu'Alfred... Il n'était même pas présent à chaque fois qu'un décès ou qu'une disparition est intervenu... »

« Considérons les choses autrement », dit Waltham calmement. « Il *était* présent lorsque la plupart d'entre eux sont morts, y compris — permettez-moi de vous le rappeler — lorsque le dernier membre de la famille, M. Marshall Robins, a eu son " accident " de voiture ce matin. Si je parvenais seulement à trouver un mobile, eh bien... »

Julian hocha la tête. « Je crois que vous faites fausse route, capitaine. »

« Nous verrons », répondit Waltham. « Je vais le libérer mais j'ai bien l'intention de poursuivre cette enquête. D'ailleurs, je l'interrogerai à nouveau dans quelque temps. »

Julian soupira.

Alfred les rejoignit dans la salle. Julian lut avec attention la déposition préparée par Waltham, donna son accord et Alfred la signa. L'avocat et le maître d'hôtel quittèrent le poste.

Le capitaine Waltham, poussé par l'ambition personnelle et convaincu qu'il était sur le point de résoudre le mystère des meurtres, rédigea un communiqué sur la disparition de Marshall et le fit diffuser, avec une photo du disparu, dans la presse écrite et parlée.

2

Le lendemain, les journaux et les télévisions du monde entier parlaient de la disparition du dernier survivant de la famille Robins et diffusaient sa photographie ainsi légendée : « Avez-vous vu cet homme ? » Tous les journaux reprenaient la relation des faits et une petite phrase émanant d'une source non divulguée : « La police a un suspect. » L'énigme du tragique destin de la famille Robins — cristallisée par la disparition étrange de Marshall — suscita une curiosité universelle.

A la suite de la publication de ce communiqué, la police fut bientôt submergée de rapports de témoins qui prétendaient avoir vu le disparu. Un chauffeur de taxi de Manhattan croyait avoir chargé Marshall Robins à l'aéroport J. F.-Kennedy. Une femme habitant la Californie affirmait l'avoir vu dans un tram à crémaillère à San Francisco. Un routier du Maryland était catégorique : il avait emmené Marshall Robins de la vallée de Green Spring jusqu'à Baltimore. Un motard de Virginie avait pris un auto-stoppeur qui ressemblait à Marshall et l'avait conduit jusque dans le Delaware. On l'avait également aperçu à Londres, à Paris, à Rome, au Texas et en bien d'autres lieux encore.

Le capitaine Waltham n'ajouta foi à aucune de ces histoires. Il était convaincu que Marshall Robins était mort, probablement enterré quelque part et qu'Alfred était son assassin. Il en était tellement persuadé qu'il convoqua Alfred pour un nouvel interrogatoire au cours duquel il espérait bien obtenir des aveux.

Julian Shields accompagna Alfred et assista à tout l'interrogatoire. L'avocat permit cette fois-ci à l'officier de police de questionner Alfred sans qu'il intervienne ; il tenait toutefois à s'assurer que les droits du maître d'hôtel ne seraient pas violés.

L'avocat commençait en vérité à nourrir quelques doutes quant à l'intégrité du maître d'hôtel. Ce changement d'attitude était dû à une remarque formulée par Waltham lors de leur première discussion : « Si je parvenais seulement à trouver un mobile... »

En tant qu'avocat de la famille Robins, Julian connaissait bien évidemment les arrangements pris par Evelyn en faveur de Molly, la petite-fille d'Alfred et l'enfant naturel de James. Marshall aurait fini, tôt ou tard, par avoir vent de l'affaire en tant que dernier membre vivant de la famille. Julian savait que les Wales avaient dû y songer. Alfred aurait-il décidé de supprimer Marshall pour éviter que celui-ci ne revienne sur les dispositions prises par sa mère ? La question troublait l'avocat.

Aussi, bien qu'il ne s'ouvrît pas de ses soupçons à Waltham, Julian désirait dans son for intérieur que la police tire cette affaire au clair.

Alfred, pour sa part, devait avoir perçu un changement dans l'attitude de l'avocat. Au fur et à mesure que progressait l'interrogatoire, il perdait confiance. Plus Waltham posait de questions sur les diverses morts des membres de la famille Robins, James, Cynthia, Lewis, Libby, Evelyn ou sur les disparitions de Tyler, Candace et maintenant de Marshall, plus les réponses d'Alfred se faisaient vagues, voire évasives. Il trahissait par ailleurs d'autres signes de détresse — ou était-ce de culpabilité ? Il était en sueur, ses mains tremblaient, sa voix était inaudible.

Waltham fit une pause et demanda à Julian de

l'accompagner hors de la pièce. Il lui confia dans un souffle : « Je crois qu'il est sur le point de craquer. »

Julian ne put qu'acquiescer de la tête.

Les deux hommes revinrent dans la salle d'interrogatoire. Alfred regarda le capitaine Waltham s'approcher en se recroquevillant sur sa chaise.

Puis, juste au moment où Waltham — persuadé qu'Alfred allait craquer à la prochaine question — demandait : « Allons, Alfred Wales, dites-nous la vérité maintenant ! » coup de théâtre : le téléphone sonna.

Waltham décrocha le combiné et hurla furieux : « Ouais ? » Ce qu'il entendit parut le secouer.

L'officier de police était stupéfait ; il n'en croyait toujours pas ses oreilles lorsque, ayant raccroché l'appareil, il dit à Alfred et à Julian : « C'est un rapport de la police de Baltimore. Marshall Robins vient de débarquer au quartier général. Il est vivant et nous rejoindra sous peu. Il n'a pas la moindre égratignure ; il prétend avoir souffert d'amnésie. »

« Ils en sont sûrs... ? » commença Julian.

« Ils sont formels. Il s'agit bien de lui », répondit Waltham d'une voix rauque.

« M. Marshall est vivant », soupira Alfred. « Dieu soit loué ! »

Un certain temps s'écoula avant que Marshall n'arrive au poste. Il paraissait fatigué, maigre, abattu ; il ne s'était pas rasé depuis plusieurs jours et ses vêtements étaient sales et froissés.

Il raconta lentement son histoire. La nuit durant laquelle il était revenu de New York, il avait pris sa voiture peu après minuit et s'était dirigé vers Greenlawn. Il avait été dépassé par une automobile qui roulait à vive allure peu avant l'endroit où la Bentley avait été retrouvée. On lui avait tiré dessus. On l'avait forcé à quitter la route et c'est ainsi qu'il avait atterri dans le fossé.

Il avait profité de l'obscurité pour sortir de la voiture

et s'enfuir. Il y avait deux hommes dans l'autre véhicule. Ils l'avaient cherché dans la nuit noire, jurant et criant. Il avait entendu leurs voix et avait aperçu leurs silhouettes. Ils étaient tous deux grands et forts. Il n'avait pas pu discerner les traits de leurs visages. Il avait surtout eu à cœur de s'enfoncer plus avant dans l'obscurité. Puis il avait couru, couru, couru... La réaction émotive l'avait frappé plus tard et il avait perdu la mémoire. Il ne savait plus qui il était ni où il allait. Il se souvenait vaguement avoir été pris en stop par un routier. Puis, le trou noir... jusqu'à aujourd'hui où il avait retrouvé la mémoire dans une rue de Baltimore. Il était allé au quartier général de la police et c'est là qu'il avait appris les histoires rapportées par les journaux et par les chaînes de télévision. Il avait téléphoné à Greenlawn où Dorina lui avait annoncé que le capitaine Waltham suspectait Alfred. Il avait alors demandé à la police de Baltimore de signaler sa réapparition à leurs collègues et de le conduire au poste. Il ne savait rien de plus.

La police prit note de la déposition de Marshall, qui la signa. Il fournit plus tard aux policiers des descriptions aussi précises que possible des deux hommes qui l'avaient agressé. Personne ne fut jamais inculpé.

Cet incident curieux marqua un épisode de plus dans le drame de la famille Robins.

CHAPITRE VIII

Les amis de Marshall Robins s'alarmèrent de la paranoïa croissante que développa le dernier survivant de la famille Robins à la suite de l'attentat dont il avait été victime.

Marshall vivait maintenant seul dans la propriété de Greenlawn, dans le Maryland, où il menait une vie de reclus, ayant même congédié Alfred et Dorina. Il ne rencontrait plus personne en dehors de ses occasionnels voyages aux bureaux de New York de la *Robins Cosmetics.*

Marshall avait coupé tout contact avec Geneviève dont il semblait pourtant être très épris quelque temps plus tôt. Il ne voyait plus ni son ex-épouse, Paméla, ni son beau-frère, George Pittman. Julian Shields, qui dirigeait désormais la *Robins Cosmetics,* était son seul interlocuteur. Shields lui-même s'inquiétait beaucoup pour l'état de santé morale du président en titre de la *Robins Cosmetics.*

Quelques semaines après la mort d'Evelyn, Julian avait rendu visite à George Pittman pour discuter de ce qu'il était possible de faire pour Marshall.

« George », dit Julian, « cet homme a besoin d'aide. Il est totalement paranoïaque. Il est convaincu que quelqu'un est résolu à le tuer. Il prétend constamment qu'il existe une sorte de complot visant tous les membres de la famille Robins, que quelqu'un s'emploie à les supprimer tous un à un. C'est une véritable idée fixe. Et comme il est le dernier de la " liste "... N'y a-t-il rien que nous puissions faire ? »

George hocha la tête. « Je l'ignore. J'ai beaucoup réfléchi à cette affaire, surtout depuis la mort de ma femme, Libby. J'avoue que je me suis déjà demandé si cette série de meurtres ne faisait pas partie d'un complot quelconque. »

« Allons, voyons ! C'est impossible », protesta Julian. « On n'a jamais réussi à établir de lien entre ces différentes affaires et il n'existe pas un seul suspect *constant,* présent à chaque crime.

« Peut-être n'y a-t-il jamais eu de suspect véritable », admit George. « Mais une personne était présente à chaque fois : Marshall lui-même. »

« Vous n'êtes pas sérieux, George ? », rétorqua Julian sèchement. « Vous ne croyez pas sincèrement qu'il se soit débarrassé de tous ses parents. »

George hocha la tête lentement. « Non, je suppose que c'est impensable. Il m'arrive cependant de me poser la question de temps à autre. »

« Quoi qu'il en soit », dit Julian, « qu'allons-nous faire de Marshall ? Nous ne pouvons le laisser continuer à se détruire ainsi. Pourrions-nous lui parler ? »

« Je suis disposé à courir le risque, à condition que vous soyez présent », répondit George, réticent.

Julian accepta et quelques jours plus tard, après avoir téléphoné à plusieurs reprises à Marshall sans obtenir de réponse, il se rendit à la propriété des Robins, Greenlawn, dans le Maryland.

Lorsqu'il découvrit l'endroit, il fut atterré. Les pelouses, les courts de tennis et les jardins étaient à l'abandon ; la piscine toujours remplie d'eau dégageait une odeur pestilentielle ; les écuries étaient vides et plusieurs vitres des fenêtres des étages étaient brisées.

Il n'obtint pas de réponse lorsqu'il sonna à la porte ; il

se mit donc à frapper. Il éprouvait le sentiment que quelqu'un l'observait de l'intérieur. Il fit le tour de la place, appelant Marshall. N'obtenant toujours pas de réponse, il partit.

Julian rapporta son expérience à George qui émit le commentaire suivant : « Je suppose qu'il faut persévérer. Il s'est probablement barricadé et ne répondra à personne tant qu'il ne se jugera pas prêt. »

Quelques jours passèrent et George reçut un nouvel appel de Julian. L'avocat était cette fois très agité.

« Ecoutez-moi », dit-il. « Je viens de recevoir un coup de téléphone de Marshall. Il désire nous parler... à vous et à moi. Il dit qu'il a quelque chose de très important à nous annoncer ; en outre, c'est urgent. »

« Parfait », dit George. « Vous connaissez mes conditions... du moment que vous êtes présent, j'accepte de lui parler. »

« Attendez », le coupa Julian. « Ce n'est pas tout. Je lui ai dit que nous nous rendrions immédiatement à Greenlawn, mais il a refusé. Il désire que nous nous retrouvions chez vous, ce soir, à dix-huit heures. »

« Très bien, ... très bien, ... très bien... » ; répéta George plusieurs fois avant d'être interrompu par Julian. « Il y a encore autre chose. Juste avant de recevoir son coup de téléphone, j'ai vérifié les livres de compte de la *Robins Cosmetics* que j'avais réclamés il y a déjà quelque temps... », il s'interrompit.

« Et... ? » le pressa George.

« Et... », poursuivit Julian lentement et précautionneusement, « la comptabilité présente un trou de vingt-cinq millions de dollars. J'essaie d'en retrouver la trace. Pour l'instant, nous avons seulement découvert que Marshall avait transféré un minimum de cinq millions vers son compte personnel et de là vers Dieu sait quel compte et pourquoi. Il semble qu'il soit responsable du trou de vingt-cinq millions. »

« Il les aura virés sur un compte en Suisse », conclut George ironiquement.

« Je l'ignore. » Julian s'exprimait comme s'il était encore sous le coup de sa découverte. Puis, il conclut : « Je ne tarderai pas à partir. Il me faut bien tout ce temps pour être chez vous à six heures. »

« Je vous attendrai », assura George.

En réalité, il était six heures quarante quand Julian arriva chez George Pittman. Ce dernier l'attendait mais Marshall n'était toujours pas arrivé.

« La circulation est terrible pour venir ici », dit Julian. « Pas encore de nouvelles de Marshall, hein ? »

George fit signe que « non » de la tête. « J'ai téléphoné à plusieurs reprises chez lui, puisque je ne vous voyais pas arriver. Je n'ai jamais obtenu de réponse. »

Marshall n'ayant toujours pas donné de signe de vie à sept heures, les deux hommes essayèrent à nouveau de le joindre à Greenlawn. Ils n'obtinrent pas de réponse.

Julian prit en définitive une décision radicale. « Je ne vois qu'une solution. Nous devons prendre un avion et nous rendre dans le Maryland. A notre arrivée, nous préviendrons la police. »

Ils louèrent un avion à l'aéroport Teterbora dans le New Jersey et se rendirent aussitôt dans le Maryland. Là, ils louèrent une voiture et Julian prit aussitôt contact avec la police d'État. Il se présenta et expliqua qu'il craignait qu'un drame ne soit advenu. Il convint avec les policiers de les retrouver sur place.

Ils arrivèrent tous deux à Greenlawn où des voitures de patrouille les attendaient.

Julian et George expliquèrent qu'ils étaient inquiets pour Marshall Robins qui, selon eux, était à l'intérieur.

Les policiers forcèrent la porte et entrèrent dans la maison de la famille Robins, accompagnés de Julian et de George.

L'état de la vieille demeure évoquait l'intérieur d'une porcherie. De vieux journaux, des boîtes de conserves, de la vaisselle sale traînaient partout. Nulle trace de Marshall mais la salle de bains du deuxième étage leur réservait une vision atroce. La baignoire, la douche, les murs et le plancher étaient maculés de sang. Ils fouillèrent la maison de fond en comble mais furent incapables de trouver un corps.

Les inspecteurs de la brigade des homicides et les techniciens de la police envahirent à nouveau la propriété à la recherche d'éventuels indices. Julian et George, emmenés au poste, furent interrogés puis relâchés.

Quelques jours plus tard, la police reçut les résultats des analyses réalisées par le laboratoire. Le fait le plus stupéfiant fut que le sang trouvé en abondance dans la salle de bains n'était pas celui de Marshall Robins. Il appartenait au groupe O et la police avait découvert dans les rapports médicaux concernant Marshall que celui-ci appartenait au groupe A.

Les policiers constatèrent, en fouillant la maison, que les armoires ne renfermaient plus le moindre vêtement ayant appartenu au jeune homme.

Le sang trouvé dans la salle de bains intrigua particulièrement les policiers. Ils découvrirent que, quelques semaines auparavant, une grande quantité de sang utilisé pour les expériences de la *Robins Cosmetics* avait disparu. Les rapports conservés dans les laboratoires de la société confirmèrent que les flacons volés contenaient du sang de groupe O. La police déduisit de cette correspondance que quelqu'un avait simulé un assassinat.

Enfin la police trouva également dans la propriété une liasse de notes réunies par un élastique dans une enveloppe. On lisait la même phrase sur chacune.

VOUS ETES UN ASSASSIN !
VOUS ALLEZ MOURIR !

Il y avait une douzaine de bouts de papier mais rien ne permettait de définir leur origine. Les notes furent envoyées au laboratoire de la police pour être analysées. Les résultats établirent que les papiers ne présentaient pas la moindre empreinte et ne fournirent aucune indication quant à leur provenance ou quant à leur auteur.

Cette enquête n'aboutit jamais.

*   *
*

Quelques semaines plus tard, le squelette d'une femme fut rejeté par la mer Adriatique dans le Golfe de Trieste, en Italie. Les rapports médicaux et dentaires ne permirent pas d'identifier le squelette comme étant celui d'une femme ayant été portée disparue dans la région ou en Italie. Il devait donc s'agir d'une étrangère et le dossier fut transmis aux bureaux d'Interpol en France.

Il se passa encore quelques jours avant qu'Interpol n'exhume le nom d'une jeune femme ayant disparu dans la région longtemps auparavant : Candace Robins. Une comparaison avec les rapports médicaux et dentaires concernant Candace Robins permit d'établir que le squelette retrouvé était effectivement le sien.

C'est ainsi qu'au cours d'une petite cérémonie à laquelle assistèrent George Pittman, Paméla, l'ex-femme de Marshall et Julian Shields, Candace fut inhumée dans le petit cimetière de la vallée de Green Spring dans le Maryland, aux côtés des autres membres de sa famille.

Ce jour-là, George plaça près de la concession familiale le monument qu'il avait finalement achevé et qui devait se dresser là en souvenir de l'énigme des décès ou des disparitions des membres de la famille Robins.

Gravée sur le fronton du monument, on lisait l'inscription énigmatique :

ETRES ADORES,
L'OUBLI ELIMINE DANS NOS MEMOIRES
L'ORAGE DERISOIRE DES ECHECS,
LE FRACAS ECLATANT DU MALHEUR.

3/83

Moins d'un an après la disparition du dernier des Robins, Julian Shields épousa Janice Elgar, qui avait participé à la croisière sur le yacht des Robins, le *Falconer*, lorsque Tyler Robins avait trouvé la mort en d'étranges circonstances. Janice Elgar et Julian Shields avaient fait connaissance lors du service donné à la mémoire de Tyler. Après le décès d'Evelyn, ils s'étaient revus régulièrement à Londres et aux Etats-Unis et avaient finalement décidé de se marier.

Après leurs noces, ils rachetèrent la propriété de Greenlawn, la restaurèrent et s'y installèrent.